Dieser Jugendroman wurde nahe an der Realität und dicht an den Gefühlswelten der Menschen geschrieben, die der Autor bei seinen Ermittlungen als Rauschgiftfahnder kennengelernt hat.

Dennoch wäre jede Ähnlichkeit mit lebenden oder verstorbenen Personen zufällig. Namen und Orte wurden verändert und wahre Begebenheiten miteinander vermischt.

Der Autor hat sich allerdings die schriftstellerische Freiheit erlaubt, aus den Charakteren von existierenden Personen verschiedene Romanfiguren „zum Leben zu erwecken“.

Mara

Jörg Schmitt-Kilian,
Kriminalhauptkommissar und ehemaliger Drogenfahnder, ist Autor zahlreicher Bücher und bietet mit seinem Konzept IMPULSE den Schulen Projekte und Studientage zur Sucht- und Gewaltprävention an.
Sein Buch VOM JUNKIE ZUM IRONMAN über die unglaubliche Lebensgeschichte des Triathleten Andreas Niedrig stand 16 Wochen auf der SPIEGEL-Bestsellerliste und wurde mit Uwe Ochsenknecht, Max Riemelt und Axel Stein als LAUF UM DEIN LEBEN verfilmt.
www.schmitt-kilian.de

edition zweihorn GmbH & Co. KG
Riedelsbach 46
D-94089 Neureichenau
Tel: +49 (0) 8583 2454, Fax: +49 (0) 8583 91435
E-Mail: edition-zweihorn@web.de
Internet: www.edition-zweihorn.de

Umschlaggestaltung: Andreas Brosche, Friedberg (Bayern)
ISBN: 978-3-935265-87-4

Hallo,

es freut mich, dass Du dieses Buch lesen möchtest.

Da ich auf meiner Homepage nichts über mein Privatleben veröffentliche, aber viele Jugendliche für den Unterricht weitere Infos über den Autor recherchieren sollen, hier einige Antworten auf die am meisten gestellten Fragen.

Ich bin mit einer Lehrerin verheiratet. Wir haben drei erwachsene Söhne und wohnen in einem kleinen Dorf im Westerwald. In meiner Freizeit entspanne ich beim Radfahren, auf dem Tennisplatz, beim Kartenspiel mit Freunden und als Gitarrist und Sänger bei den Proben mit meiner Rock-Band BOP, mit der ich Benefiz-Konzerte für Menschen am Rande unserer Gesellschaft veranstalte.

Inzwischen habe ich 18 Bücher veröffentlicht, ein Musical geschrieben und 4 Filmprojekte begleitet. Mein Jugendkrimi DIE DEALERIN UND DER KOMMISSAR wurde als TV-Film JENNY im Fernsehen ausgestrahlt und ist als DVD erhältlich. Der Jugendroman GREGORS GEHEIMNIS thematisiert die Gewalt unter Jugendlichen und in ICH MACH EUCH FERTIG beschreibe ich methodische Schritte, wie Erwachsene mit Jugendlichen in einen vertrauensvollen Dialog eintreten und kritische Entwicklungen rechtzeitig erkennen. Zu diesem Thema hat der Regisseur Berny Abt den Film „WHY – denn wir wissen nicht, was sie tun" gedreht.

Unter dem Titel LAUF UM DEIN LEBEN ist nach meinem Buch VOM JUNKIE ZUM IRONMAN die Lebensgeschichte des Weltspitze-Triathleten Andreas Niedrig als Kinofilm mit Uwe Ochsenknecht, Axel Stein, Max Riemelt und anderen bekannten Schauspielern produziert worden. Der Film ist als DVD erhältlich und wird von Schulen oft als Einstieg in suchtpräventive Projekte eingesetzt.

Neben der „Begegnung mit dem Autor“ bei Jugendbuchwochen biete ich individuell konzipierte Klassenprojekte und Studientage für Lehrer an und berate schulische Krisenteams über zeitnahe und konsequente Reakionen sowie Möglichkeiten der Vorbeugung. Eure Lehrerinnen und Lehrer können bei mir kostenlose Unterrichtsmaterialien anfordern.

Meine aktuellen Krimis SPURENLEGER und LEICHENSPUREN basieren ebenfalls auf einer wahren Begebenheit: dem Mord an einer jungen Polizistin, einer mysteriösen DNA-Spur und der Jagd nach dem Phantom.

Weitere aktuelle Infos findest Du auf meiner hompepage
www.schmitt-kilian.de oder **bei facebook.de**.

Ich freue mich über jede Rückmeldung unter
schmitt-kilian@onlinehome.de

Jörg Schmitt-Kilian, im Juli 2011

Anmerkung: Ich habe bewusst kein Drogen-Glossar erstellt. Unbekannte Wörter kannst Du im Internet recherchieren.

Jörg Schmitt-Kilian

SHIT

edition zweihorn

Vorwort des Autors

Drogen kennen weder gesellschaftliche Schranken noch regionale Grenzen. In allen gesellschaftlichen Schichten habe ich soziale Verelendung und kriminelle Verstrickungen junger Drogenabhängiger hautnah erlebt und viele verzweifelte Eltern und hilflose Lehrer kennengelernt.

Viele meiner Begegnungen mit der alltäglichen Ohnmacht habe ich in diesem Buch niedergeschrieben und authentische Erlebnisse in dieser Geschichte miteinander verknüpft.

Ich möchte erzählen, wie Menschen sich in solchen Situationen fühlen und mit der Spiegelung meiner Begegnungen einen Blick hinter die Kulissen wagen.

Manche Situationen mögen klischeebehaftet erscheinen, aber das Klischee ist (leider) zu oft die Realität.

Prolog

Nur das Ticken der Uhr an der grauen Wand über der Tafel durchbricht die Stille im Klassenraum der 10a des Schiller-Gymnasiums. Eine fast unheimliche Stille, wie sie sich in diesem Raum in den letzten Jahren nur bei der Schweigeminute nach dem schrecklichen Amoklauf an der Schule in Winnenden ausgebreitet hatte.

An die Namen der getöteten Schüler und Lehrer des Amoklaufs in Winnenden kann sich niemand erinnern, aber die Namen von zwei Mitschülern werden sich auf immer und ewig in ihr Gedächtnis einbrennen.

Die Ereignisse der letzten Monate werden sie nie mehr im Leben vergessen und dabei hatte alles so harmlos angefangen.

Niemand konnte ahnen, dass es in einer Tragödie enden würde. Oder doch?

1.

Endlich Wochenende.

Sturmfreie Bude.

Melanie hatte ihre Freundinnen eingeladen:

Anja, die bestimmt stundenlang an ihrem Outfit gebastelt und ihre langen blonden Haare geglättet hatte; Mary, die sich um all das nicht scherte, aber trotzdem immer unverschämt fantastisch aussah.

Andy und seine besten Kumpel Kai und Marco wollten auch kommen. Marco würde bestimmt wieder den großen Schweiger abgeben, aber seine Freunde waren dafür umso lauter.

Die sechs waren der harte Kern der 9a des Schiller-Gymnasiums.

Diejenigen, denen Melanie vertrauen konnte.

Keine Schwätzer, die nichts für sich behalten und auf *facebook*, *wkw* oder sonst wo Gerüchte verbreiten, Geheimnise oder Peinlichkeiten verraten, an die Pinnwand posten und keine Sekunde darüber nachdenken, wie stark sie andere dadurch verletzen. Ein erniedrigendes Wort im Internet kann schlimmer sein als tausend Schläge, so etwas Ähnliches hatte Mary mal gesagt, als irgendein Idiot sie auf der Internetseite *Isharegossip* beleidigt und Schlampe genannt hatte.

Auf dieser Internetseite – auf Deutsch „Ich verbreite Klatsch" – werden die Jugendlichen von den Betreibern aufgefordert, andere aufs Übelste zu beschimpfen. Und derjenige wird dann auch noch namentlich genannt, sogar mit Adresse und Handynummmer.

Nein, Typen, die nur Mut haben, andere auf diese Art fertigzumachen – alles natürlich anonym! –, würde Melanie niemals einladen.

Auch nicht die Streber, denen gute Noten immer das Wichtigste waren.

Nicht die Schleimer, die am liebsten in den verlängerten Rücken der Lehrer gekrochen wären.

Und erst recht nicht diese Typen, die nie was riskieren wollten: diese ätzend Angepassten, die schon als Greise auf die Welt gekommen waren und altkluge Sprüche klopften. Sprachrohre ihrer Eltern, die immer in der Spur laufen.

Nein, mit denen wollten sie nichts zu tun haben.

Viele witzelten über den geplanten Fußgängerüberweg vor dem Lehrerzimmer. Böse Zungen behaupteten, in dem breiten Flur des Verwaltungstrakts plane der Schulleiter für alle Schleimer eine sichere Überquerung, damit die Arschkriecher nicht von den Radfahrern überrollt wurden und Direktor Schmidt weiterhin Informationen über „problematische" Schüler erhalten konnte.

Wer ist schon einfach? Ha, ha!

Kai, Andy und Marco hatten mehrere Sixpacks, einige Flaschen Wodka und *Kleiner Feigling* im Supermarkt besorgt. Jugendschutz-Bestimmungen hin oder her – das war gar kein großes Problem gewesen. Die Verkäuferin hatte die Jungen nicht nach ihrem Alter gefragt, obwohl an der Kasse in großer Schrift ein Auszug aus dem Jugendschutzgesetz angebracht war: in fetten Buchstaben die Erklärung, dass man in diesem Supermarkt die gesetzlichen Bestimmungen des Jugendschutzes genau beachte.

Verlogene Gesellschaft.

Papier ist halt geduldig.

Jeder weiß doch, wie es läuft.

Hauptsache, die Artikel werden verkauft und die Kasse stimmt.

Alle hatten sich auf diesen Abend gefreut.

Melanie servierte zur Begrüßung ein Gläschen Sekt.

Andy und Kai hatten schon einige Dosen Bier getrunken.

Harmloses Vorglühen.

Kaum hatten sie das erste Glas Sekt geleert, klingelte es an der Haustür.

„Wen hast du denn noch eingeladen?“, fragte Mary.

„Lasst euch überraschen!“, grinste Melanie und lief zur Tür. Dann betrat Conny das Haus.

Die anderen blickten ihm überrascht entgegen.

Angenehm überrascht.

DER Conny aus der Elf.

Ein echt irrer Typ.

Hatte schon zweimal eine Ehrenrunde gedreht.

Schon über achtzehn.

Volljährig.

Seit drei Monaten stolzer Besitzer eines Führerscheins.

Fährt ein Golf-Cabrio.

Zwar nur den Golf III, aber immerhin.

Conny trägt meistens Lederklamotten. Mit dem bunten Stirnband und seinem schlaksigen Gang kann man ihn bereits kilometerweit erkennen.

Sie nennen ihn den „Indianer“.

Conny zeigt Lehrern die Zähne, macht Zoff, ist einfach nur obercool.

Über den „Indianer“ redet die ganze Schule.

Alle kennen Conny.

Viele bewundern ihn.

Wären gerne so mutig wie er.

Vor zwei Monaten wurde Conny von Herrn Dröge während einer Klassenarbeit erwischt, als er abschreiben wollte. Der Physiklehrer hatte es nicht gewagt, Conny das Buch unter der Bank wegzunehmen. Als „der kleine Feigling“ – wie Dröge seitdem von den Schülerinnen und Schülern genannt wurde – Conny eine Sechs verpasste, hatte dieser sich bei Direktor Schmidt beschwert.

„Waren Sie nicht in der Lage, diesem Rotzlöffel das Buch wegzunehmen?“, soll Direktor Schmidt gefragt haben. Dröge musste die Arbeit korrigieren und die Leistung auf dem Blatt benoten.

Immerhin eine Drei. So hatte Conny es zumindest erzählt.

Conny war einfach nur geil.

Als er noch keinen Führerschein besaß, war er immer mit dem Bus in die Innenstadt gefahren. Damals lebte noch sein Hund Zorro. Conny hatte für Zorro immer eine Karte gelöst und den Hund auf einem Sitz Platz nehmen lassen.

Einmal hatte Conny sich mit einem älteren Herrn gestritten. Dieser hatte ihn aufgefordert, der Hund solle sofort den Platz für ihn frei machen. Conny hatte sich geweigert und argumentiert, er habe für den Hund schließlich bezahlt und Tiere seien auch Lebewesen mit Rechten. Und dann hatte er den älteren Herrn gefragt, wie alt er denn sei. Siebzig, hatte der geantwortet. „Mein Hund ist elf Jahre alt, mal sieben Hundeleben macht siebenundsiebzig. Also hat mein Bello mehr Jahre auf dem Buckel. Sie sind doch sicherlich mit mir einer Meinung, dass man das Alter ehren sollte!“, hatte Conny schlagfertig reagiert. Der alte Herr war sprachlos und stieg an der nächsten Haltestelle aus.

Andy dachte in diesem Moment an den Dealer, der seinen Cousin Bernd mit Heroin versorgt hatte. Der hieß auch Zorro.

Bernd war damals erst sechzehn.

Inzwischen war er zwanzig und in Therapie.

Damals hatte sich ein kleiner Junge auf dem Kinderspielplatz an einer frisch benutzten Heroinspritze verletzt. Andy hatte der Polizei den entscheidenden Tipp zur Festnahme von Zorro geben können.

Nun verbreitete sich in der Stadt erneut das Gerücht, ein junger Mann aus Koblenz würde Drogen verkaufen.

War Conny etwa in Zorros Fußstapfen getreten?

Nach dem Sektempfang gingen alle hinunter in den Keller. In dem bunt angemalten Raum lagen alte Matratzen. Überall flackerten Kerzen und Teelichter. Aus den Lautsprechern erklangen ihre Lieblingssongs. Sie saßen und lagen im Kreis, zogen sich die Musik und ein Sixpack nach dem andern rein.

Während sie ihre Haare zu einem lockeren Zopf band, blickte Melanie gedankenverloren zu Conny hinüber. Sie war so froh, dass sie ihn eingeladen hatte! Klar, er war ein Macho und vielleicht war es dumm von ihr, aber sie hatte sich nun mal in diesen Typen verliebt. Das wusste aber niemand. Sonst hätte irgendein Idiot bei facebook, wkw oder gar auf *Isharegossip* ihre heimliche Liebe verraten.

Andy erklärte das erste Spiel des Abends.

„Jeder nimmt sich eine Flasche *Kleiner Feigling*, dreht den Deckel ab und legt ihn auf die Nasenspitze. Dann klemmt ihr das Fläschchen zwischen die Zähne. Auf Kommando wird es ex und hopp geleert. Derjenige, dessen Deckel zuerst auf den Boden fällt, muss einen Euro abdrücken. *Kleiner Feigling* schmeckt nur, wenn ihr ihn ex trinkt!"

„Was schmeckt denn gut daran?", fragte Mary.

„Besonders im Winter ist es super, wenn er hier so schön warm runterläuft", lächelte Kai und kreiste mit der Faust über seine schmale Hühnerbrust.

Andy gab das Startzeichen und Mary musste einen Euro in den Teller werfen.

Dann öffnete Conny die erste Wodkaflasche.

Die Stimmung wurde ausgelassener.

Und nun geschah das, worauf sie fast alle heimlich gewartet hatten. Conny zog aus der Gesäßtasche seiner hautengen Lederhose einen in Stanniolpapier eingewickelten Würfel Haschisch. Er entfernte das Papier und brannte den kleinen Brocken mit einem silbernen Sturmfeuerzeug an.

„So nun bringen wir uns noch mal richtig in Stimmung, bevor ihr nach Hause müsst“, flüsterte Conny.

Andy nickte.

Der Tag geht, Jonny Walker kommt! Yeah!

Red Bull verleiht dir Flügel!

Warum denn nicht auch: *Es geht doch nichts über einen Joint mit einem guten Freund* !

Conny zerbröselte den erwärmten Brocken Haschisch, vermischte die Stückchen mit Tabak und drehte geschickt einen großen Joint. Dann zündete er die kelchförmige Haschischzigarette an.

Ein würziger, süßlicher Geruch verbreitete sich in dem kleinen Kellerraum und stieg in ihre Nasenflügel.

„Riecht ja wie das Weihrauchfass aus meiner Messdienerzeit“, bemerkte Andy.

Dann steckte Conny den Joint zwischen Zeige- und Mittelfinger der rechten Hand, führte ihn langsam zum Mund, faltete beide Hände wie einen Ballon zusammen, inhalierte ganz tief, hielt den Atem lange an und atmete genussvoll aus.

„Ihr könnt euch nicht vorstellen, wie geil das ist. Tierisch grelle Töne hörst du nur beim Kiffen“, flüsterte er.

Dann drehte er die Musik am CD-Player auf volle Lautstärke und reichte den qualmenden Joint an Melanie weiter.

„Hey, das wird dir guttun. Dein Bewusstsein wird sich erweitern!“

Aus den Lautsprechern ertönte Stefan Raabs Stimme. Er sang seinen Song vom Kiffen.

Melanie nahm den Joint zwischen ihre Hände, lehnte sich nach hinten und sog ebenfalls den Rauch tief und gierig ein. Beim Ausatmen stöhnte sie lustvoll vor sich hin. „Echt geil!“

Anja lag neben Melanie auf der Matratze. Wie sollte sie reagieren? Klar, sie war neugierig. Aber sie hatte auch Angst.

Die warnenden Worte ihrer Mutter hatte sie noch sehr genau im Ohr:

Anja! Wenn du Haschisch rauchst, musst du dich bestimmt von oben bis unten bekotzen. Dir wird übel, drei Monate später spritzt du Heroin und in einem Jahr setzt du dir den goldenen Schuss und bist tot. Willst du mir das antun?

Mama warnte sie oft vor Drogen und dem, was sie mit einem machen konnten.

Noch während Anja darüber nachdachte, drückte Melanie ihr den qualmenden Joint in die Hand. Anja drehte sich um und führte langsam den Joint zum Mund. Aber sie inhalierte nicht, sondern wartete nur einen kurzen Moment, bevor sie ihn an Kai weiterreichte. Alle anderen zogen gierig an der Haschischzigarette. Heute Abend wollten die anderen es scheinbar wissen, ob man mit Haschisch das Tor zu einer grandiosen Erlebniswelt öffnen konnte, so wie Conny es beschrieben hatte.

Andy war inzwischen so besoffen, dass ihm die Warnungen seiner Eltern im wahrsten Sinn des Wortes shit-egal waren. Er dachte auch nicht mehr an seinen Cousin Bernd. Und er erinnerte sich auch nicht mehr daran, dass er seiner Mutter damals versprochen hatte, niemals zu kiffen, als Bernd nach einer Überdosis Heroin ins Krankenhaus eingeliefert wurde. Er glaubte Connys Versprechungen: *Du kannst Musik noch intensiver wahrnehmen. Der Bass dröhnt tierisch geil in deinen Ohren.*

Das klingt deutlich besser als die Warnungen der Erwachsenen, dachte Andy. Die knallen sich abends ihr Bier vor dem Fernseher rein oder schlucken Tabletten, wenn es ihnen beschissen geht. Und uns wollen sie so was Harmloses wie Shit verbieten. Absolut verlogen. Was kann denn schon passieren, wenn ich einen Joint rauche? Die Alten haben einfach keinen blassen Schimmer, was abgeht. Gemeinsam mit den Freunden zu kiffen, ist doch ein unbeschreiblich geiles Gefühl.

Der Joint drehte nun schon zum zweiten Mal die Runde. Niemand reagierte. als Mary die Hand vor den Mund presste und zur Toilette lief. Und keiner bemerkte, dass Anja wieder nur so getan hatte, als ob sie kiffte. Die Zeit verging wie im Flug und irgendwann mussten alle nach Hause.

„Wenn es am schönsten ist, sollte man gehen“, verabschiedete Conny die anderen. „Mich natürlich ausgeschlossen“, fügte er grinsend hinzu und legte einen Arm um Melanie.

2.

Montagmorgen traf sich die Clique in der großen Pause im hinteren Bereich des Schulhofs unter dem Kastanienbaum

„Wer von euren Alten hat denn was geschnallt?“, fragte Andy.

Kai zuckte mit den Schultern.

„Meine Eltern waren schon in der Kiste. Vater hat gerufen, ich soll nicht so einen Krach machen. Sonntag habe ich bis elf geschlafen. Dann das Übliche. Sie haben gefragt, wie es war. Aber eigentlich interessiert es sie nicht. Sie fragen halt nur so, weil es sich gehört oder was weiß ich“, erzählte er.

„Meine Mutter kann nie einschlafen, wenn ich abends weg bin. Sie kam die Treppe herunter, hat mir in die Augen gesehen und gefragt: Junge, was hast du denn für rote Augen? *Damit ich dich besser fressen kann,* habe ich geantwortet. Dann hat sie gelacht und ich habe gesagt, dass wir ein bisschen Bier getrunken hätten. Sie war total erleichtert und hat Ruhe gegeben“, berichtete Andy.

„Und du?“, fragte er Melanie. „Hast du noch schön sauber gemacht?“

„Jaja, das war schon okay. Aber meine Eltern haben auch ganz schön rumgenervt. Kaum waren sie wieder da, wollte meine Mutter nämlich genau wissen, was an dem Abend gelaufen ist. Das kann ich echt gar nicht haben. Also hab ich bloß gefragt: *Ist das etwa eine Vernehmung oder was?* Das hat sie total irritiert und dann habe ich gesagt, sie würde wohl zu viel fernsehen und irgendwann war sie beruhigt.“

„Und lag kein GANZ SPEZIELLER Geruch mehr in der Luft?“, fragte Kai grinsend.

„Nein, Conny hat doch Räucherstäbchen abgebrannt. Da hast du immer eine gute Ausrede!“

„Und wo war sein Stäbchen Samstagnacht?“, fragte Andy.

Melanie errötete, grinste verlegen und drehte sich um. „War bei dir alles okay, Mary?“, wechselte sie rasch das Thema.

„Außer, dass ich gekotzt habe, kein Problem“, sagte Mary lächelnd.

„Mama vertraut mir. Sie sagt aber immer, ich soll auf mein Getränk aufpassen. Dealer würden da was reinmischen oder mich verführen wollen oder was weiß ich was. Bla bla bla und …“

„Meine Eltern waren überhaupt nicht zu Hause“, unterbrach Marco sie. „Sie hatten mir einen Zwannie für ein Essen bei Mc Doof in die Schublade gelegt und sind erst am Sonntagabend zurückgekommen. Ja, meine Alten legen mir ihre elterliche Fürsorge in die Schublade, damit ich nicht verhungere“, erklärte Marco mit einem gespielten Lächeln, welches seine Enttäuschung jedoch nicht überdecken konnte.

„Ihr glaubt nie, was meine Eltern gefragt haben!“, meinte da Anja kichernd. „Die wollten wissen, ob ich Leute kennen würde, die ‚Drogen konsumieren‘. Ich wäre jetzt in einem ‚gefährlichen Alter‘.“

„Au weiah!“

Kai klopfte sich kichernd auf die dünnen Oberschenkel. „Haben deine Eltern Angst vor dir? Anja – unsere neue Lisbeth Salander, die Kult-Heldin aus Stieg Larssons Filmen. Brandgefährlich, was?“

„Ach Kaiii.“ Anja zog das I lang und rollte nur genervt mit den Augen. „Du bist ja SO witzig, hast wohl mal wieder `nen Clown zum Frühstück verschluckt. Du weißt doch ganz genau, was ich meine.“

Sie war eigentlich ganz zufrieden – ihre Freunde dachten, sie hätte mitgekifft, und lachten sie nicht aus. Und ihren Eltern könnte sie mit ruhigem Gewissen sagen, dass sie nichts genommen habe.

Aber irgendwie fühlte sie sich nicht wohl in ihrer Haut. Ihre Freunde wären sicher enttäuscht, wenn sie Bescheid wüssten.

Warum eigentlich?

Freunde sollten doch tolerant sein, auch wenn man etwas nicht mitmachte, das alle machten.

Und ihre Eltern?

Die wären enttäuscht, wenn sie gekifft hätte.

Aber warum?

Weil sie Angst haben oder weil sie denken, dass die Polizei ins Haus kommt?

Wen habe ich eigentlich betrogen, überlegte Anja. Einen muss ich immer betrügen. Aber hatte sie nicht auch sich selbst betrogen? Denn eigentlich wollte sie wissen, wie es ist, wenn man kifft.

„Ich habe keinen Bock mehr auf dieses Zeug", unterbrach Mary ihre Gedanken.

„Hast du wirklich gekotzt?", fragte Anja.

Mary nickte. „Gereihert wie ein Specht! Echt eklig!"

„Ach was!" Kai winkte ab.

„Das erste Glas Bier schmeckt immer bitter und nach dem ersten Lungenzug wurde mir auch schlecht. Selbst ein *Kleiner Feigling*, falsch genossen, kann den Geschmack vermiesen. Die Dosis macht das Gift, hat mal irgendein schlauer Typ gesagt. So ist das halt. Beim ersten Mal, da tut's noch weh." Er grinste Melanie an. „Oder?"

Melanies Gesicht lief rot an. Aber so unangenehm sie seine Andeutungen auch fand – sie wusste, Kai würde sie niemals im Internet bloßstellen. Nein, Kai war ein echter Freund, nicht so ein Pseudo-Freund im Internet.

Jetzt packte er Mary am Arm.

„Versuch es noch mal", sagte er aufmunternd. „Es kann ja nichts Schlimmes passieren." Er konnte sich dabei nicht verkneifen, Melanie erneut einen kurzen Blick zuzuwerfen.

Doch jetzt schaltete sich Andy ein.

„Wenn sie nicht will, lass sie doch, Mann", sagte er genervt. „Finde ich echt nicht gut, wenn du sie zulaberst. Sie hatte kein gutes Feeling. Dann war es für Mary halt scheiße mit dem Kiffen. "

„Da kommt Conny!", flüsterte Mary ihrer Freundin Melanie ins Ohr.

Melanie errötete, als Conny aus Richtung der gegenüberliegenden Toilette auf die Gruppe zuging.

„Hey Alldah, wo warst du?", schrie Andy und versuchte, seine Stimme tiefer klingen zu lassen.

„Ich habe auf dem Klo 'ne Zigarette geraucht. Eine richtige, wenn ihr's genau wissen wollt."

Conny erhob seine Hand zum Schwur und grinste.

Hatte er wirklich auf der Schülertoilette gekifft?

Den Mut hatten bislang nur einige aus der Zwölf.

Vor zwei Jahren hatte eine Zwölf im Klassenzimmer Cannabispflanzen gezüchtet und kein Lehrer hatte es bemerkt.

„Und? Wie habt ihr den ersten Joint verkraftet? War doch gut, oder?", fragte Conny.

Alle nickten.

„Wer will, kann was bestellen. Zurzeit ist *Schwarzer Marokk* im Angebot. Top Qualität. Ihr müsst mir nur sagen, wie viel."

Conny warf Melanie einen kurzen Blick zu.

Die anderen sahen sich unschlüssig an.

„Und wo sollen wir rauchen?", fragte Mary.

„Wir?", lachte Kai. „Woher plötzlich der Sinneswandel, meine Süße?"

Die anderen grinsten.

„Du willst doch noch mal, gib es zu", lächelte Melanie, nahm Mary in den Arm und suchte wieder Blickkontakt zu Conny.

Der jedoch blickte Mary tief in die Augen, als wolle er sie hypnotisieren.

„No Problem, man darf überall rauchen."

„Stimmt das wirklich?", fragte Mary ungläubig.

„Na klar, Hasch fürs vereinte deutsche Volk. Feuer frei für den Joint. Kiffen ist erlaubt. Der Konsum ist nicht strafbar. Demnächst werden bei uns an der Schule neben den Raucherzonen auch Kifferecken eingerichtet", sagte Conny und zwinkerte den anderen zu.

„Meinst du wirklich?" Mary sah ihn erstaunt an.

Ob sie das wirklich glaubt? Wie naiv die Kleine ist, dachte Conny und grinste Mary nur an.

„Und wo sollen wir uns einen reinziehen?", fragte Andy.

„Wir gehen in den Schlosspark", schlug Kai vor.

„Super Idee. Wenn wir dort kiffen, interessiert das kein Schwein, denn da hängen sowieso die Junkies rum", stimmte Marco ihm zu.

„Seit es Sishas gibt, kann man sogar in den Kneipen kiffen, wenn der Wirt das ignoriert", kommentierte Andy.

„Und die Polizei?", fragte Mary.

Doch Andy winkte nur ab. „Die jagen nicht jeden Kiffer", zerstreute er Marys Bedenken. „Da hätten sie viel zu tun. Bis zu zehn Gramm darfst du ohnehin dabeihaben."

Das stimmte zwar nicht, aber die anderen dachten, Andy müsse es ja wissen, denn sein Onkel arbeitete bei der Polizei.

In Wahrheit hatte dieser seinem Neffen erst kürzlich erklärt, dass bereits der Besitz eines winzigen Stücks Haschisch strafbar sei und Polizisten diese Straftat anzeigen müssten. Ansonsten würden sie sich selbst strafbar machen.

Als der Gong das Ende der Pause einläutete, forderte Conny eine Entscheidung. „Soll ich nun was mitbringen, ja oder ja?"

Die Freunde sahen sich an und nickten zustimmend.

„In dem Geschäft läuft nichts auf Kommi. Wer rückt die Kohle rüber?"

„Kommi?" fragte Anja.

„Es läuft nichts auf Pump, Süße. Wer Shit will, muss vorher oder spätestens bei der Übergabe die Kohle abdrücken", erläuterte Conny großspurig.

„Bei mir vorher", ergänzte er nach einer kurzen Pause und betonte das *mir* besonders. Obwohl er bei Stammkunden eine Ausnahme machte. Aber das mussten die anderen ja nicht wissen.

Kai griff in die Hosentasche und drückte Conny zwanzig Euro in die Hand.

„War gestern bei meiner Oma. Ich spendier 'nen Zwannie. Wie viel bekommen wir dafür?"

„Lasst euch überraschen. Ich bring für meine Freunde einen guten Brocken Shit mit", antworterte Conny.

Er lachte, drehte sich um und ging mit schnellen Schritten zu seinem Golf, den er vor dem Schulhof auf dem Gehweg geparkt hatte. Vor seinem Auto stand eine Politesse.

„Hallöchen, junge Frau!", rief Conny und strahlte über das ganze Gesicht.

Er konnte sehr charmant und freundlich sein. Mit dieser Masche hatte er schon einige Lehrerinnen um den kleinen Finger gewickelt.

„Sie wissen, dass Sie hier nicht parken dürfen", sagte die Politesse, ohne ihren Blick zu erheben, und tippte das Kennzeichen in den kleinen Computer.

„Ich habe soeben für unser Anti-Drogen-Projekt einige Kartons mit Infomaterial vom *Zentrum Polizeiliche Prävention* ausgeladen. Lassen Sie doch Gnade vor Recht ergehen und ziehen Sie einem armen Schüler nicht den letzten Euro aus der Tasche."

„Armer Schüler, ha ha, dass ich nicht lache. Ich habe zu meiner Schulzeit noch kein Auto gehabt", erwiderte die Politesse schlagfertig.

Sie hatte sich scheinbar noch nicht entschlossen, ob sie „von Amts wegen" ein ernstes Gesicht machen oder ein freundliches Lächeln auflegen sollte.

Du Tussi hast höchstens Hauptschulabschluss, dachte Conny verächtlich.

Doch die Politesse sah nur, wie der junge Mann die Hände in Gebetsform zusammenfaltete und mit unschuldiger Miene ein „Bitte, bitte!“ hauchte.

Ein Verlegenheitslächeln breitete sich auf ihrem Gesicht aus.

„Okay, dann aber sofort weg hier“, forderte sie ihn auf.

Gott sei Dank kann die Tussi keine Gedanken lesen! Conny verkniff sich mühsam ein Grinsen. Er ging einen Schritt auf die Politesse zu, umarmte die überraschte Frau, hauchte ihr einen Kuss auf die rechte Wange und flüsterte: „Danke!“

Die Politesse starrte ihn ungläubig an und schien zu einer Salzsäule erstarrt.

Im gleichen Moment sprang Conny, ohne die Tür zu öffnen, elegant in das offene Cabrio, startete den Motor und fuhr mit quietschenden Reifen los.

Gleichzeitig verschwand das freundliche Lächeln der Politesse. Dieser kleine Stinker, dachte sie.

3.

Conny steuerte das Cabrio an der Mosel entlang in Richtung Cochem. Aus dem CD-Player erklang sein Lieblingssong. Er gröhlte lautstark mit: „,... wir haben noch lange nicht genug … und eure Eltern hör ich schrein: Oh Gott, das muss der Stein sein“, wandelte er den Text ab und dachte an den Aufkleber am Heck seines Cabrios.

Achtung!
Wir sind die,
vor denen uns unsere Eltern immer gewarnt haben.

In einem abgelegenen Seitental der Mosel wohnte sein Dealer. Volker war mit fast vierzig Jahren ein Altfreak, der im Lehmtal eine alte Mühle gekauft hatte.

Er wurde wöchentlich aus den Niederlanden beliefert, und zwar vom Fahrer eines Blumentransporters. Der versorgte das Gebiet zwischen Rhein und Mosel nicht nur mit Tulpen aus Amsterdam. Da der Mann mit dem großen LKW nicht in das enge Lehmtal hineinfahren konnte, fand die Übergabe immer auf dem Parkplatz an der Moseluferstraße in Hatzenport statt.

Conny wollte demnächst nach Amsterdam fahren.

In Europas Drogen-Mekka wurde Marihuana mit einem stärkeren THC-Gehalt als manche Haschischsorten angeboten.

Conny wusste, dass einige an seiner Schule ganz scharf darauf waren, mit ihm einmal nach Holland zu fahren. Weil man dort in Coffee-Shops bis zu fünf Gramm Shit kaufen konnte.

Aber er musste sich beeilen, denn die niederländische Regierung wollte ein Gesetz erlassen, dass Ausländern den Zutritt in die Coffee-Shops verbot.

Conny fand das alles eigentlich nur lächerlich.

Da laberten die Politiker von einem vereinten Europa, aber in Deutschland machte man sich wegen einem Gramm Shit schon in die Hose.

Denn egal, was er Mary vorhin erzählt hatte: Conny wusste ganz genau, dass jeglicher Besitz von illegalen Drogen verboten war und strafrechtlich verfolgt werden musste.

Aber als guter Geschäftsmann verschwieg er das den anderen wohlweislich.

Er lächelte still vor sich hin, steuerte den Golf durch die engen Kurven des Lehmtals und genoss die wärmenden Strahlen der Sonne auf seinem Gesicht. Rechts und links der schmalen Straße grasten auf den saftig grünen Wiesen unzählige Schafe, Ziegen und Kühe. In einer der Mühlen wurden sogar Lamas gezüchtet.

Conny schob eine Meditations-CD in den Player. Die Lautsprecherboxen hatten mehr gekostet als der Golf, den ihm seine Eltern zum achtzehnten Geburtstag geschenkt hatten. Aber er konnte es sich ja leisten. Irgendwann würde er sich auch eine Mühle in Alleinlage kaufen, wo er ungestört seine Geschäfte abwickeln könnte.

Volker hatte schon vor zwanzig Jahren hinter dem Bauernhaus seiner Oma in einem kleinen Dorf in der Nähe des Lehmtals Cannabis angebaut, die Pflanzenteile zerkleinert, in der Scheune getrocknet und als „Moselaner Gras“ in den Koblenzer Kneipen verkauft.

Dann hatte die Polizei von einem benachbarten Landwirt einen Tipp bekommen. Dem Bauer waren zwar nicht die Cannabisstauden, aber die ständigen Besucher aufgefallen.

Volkers Oma hingegen war damals vollkommen überrascht. Die Pflanzen wären doch so schön gewesen, die der Junge hinter dem Haus gezüchtet habe.

Da die Polizei kein Geld aus Volkers Drogengeschäften sicherstellen konnte, hatte er sich mit dem Gewinn nach seiner Entlassung aus dem Knast die Mühle gekauft. Das Anwesen in Alleinlage ohne direkte Nachbarschaft war für seine Geschäfte ideal, zumal die schmale Straße in einem Feldweg endete.

Das Tal wurde enger und die Wiesen am Rand immer schmäler. Der steil ansteigende Mischwald grenzte nun fast an die enge Straße. Einige Kilometer weiter bildeten die Bäume ein grünes Dach und verdeckten das Sonnenlicht.

Wie in einem Zauberwald: fehlten nur noch die *magic mushrooms*, die bewusstseinserweiternden Pilze. Conny lächelte in sich hinein.

Er würde demnächst in den Handel mit Psyilos einsteigen, falls seine Kiffer Lust auf Drogen mit halluzinogener Wirkung hätten.

Vielleicht würde er sogar Pulver, LSD-Trips oder Kräutermischungen anbieten. Angebot und Nachfrage, das eine bestimmte das andere. Wie im richtigen Geschäftsleben.

Vor der letzten Kurve bremste Conny sein Fahrzeug ab, hielt kurz an und blickte in den Rückspiegel.

Diese Vorsichtsmaßnahme hatte Volker empfohlen, um eventuelle Verfolger in dem kurvenreichen Tal zu erkennen.

Conny wartete eine Minute. Dann fuhr er an der Mühle vorbei und parkte sein Auto auf dem kleinen Platz hinter der nächsten Kurve, wo die asphaltierte Straße in einen Feldweg mündete.

Am Waldrand standen noch die alten Futterkrippen für die Zugpferde der Planwagen, die früher hier Rast gemacht hatten. Die Mühle war bis in die siebziger Jahre eine beliebte Gaststätte gewesen. Die Mosellandtouristik hatte damals Planwagenfahrten angeboten, damit die Feriengäste an der Mosel nicht nur die Idylle des Lehmtals, sondern auch den Hauswein der ehemaligen Besitzer genießen konnten. Heute erinnerten lediglich das verrostete Gasthausschild und die von der Sonne gebleichte Schrift mit der Werbung für *Königsbacher Bier* an die guten alten Zeiten.

Gute Zeiten – schlechte Zeiten.

Gieß die Sorgen in ein Glaserl Wein.

Legal, illegal, shit-egal.

Wo früher legale Drogen angeboten wurden und mancher in seliger Weinlaune oder nach übermäßigem Bierkonsum zur Kutsche getragen werden musste, liefen heute illegale Geschäfte ab. So viel zur Doppelmoral und den von seinen Eltern so überschwänglich beschriebenen guten alten Zeiten.

Conny schaltete den Motor aus und zog den Zündschlüssel ab. Er blickte sich nochmals um, stieg aus dem Auto und näherte sich dem Mühlenanwesen von der rückwärtigen Seite.

Der Deal lief stets gleich ab.

Conny bestellte telefonisch nach einem vereinbarten Code. Volker holte den Stoff erst kurz vor der Übergabe aus dem Bunker im angrenzenden Wald. Volker legte Wert auf Pünktlichkeit, da er nie mehr als eine geringe Menge für den Eigenverbrauch in seinem Haus vorrätig hielt. So könnte man ihm bei einer Verhaftung nur schwer den gewerbsmäßigen Handel nachweisen. Es sei denn, man würde ihn auf frischer Tat bei der Übergabe einer nach dem Betäubungsmittelrecht „nicht geringen Menge“ erwischen. Volker war nicht sehr gesprächig. Kein Käufer durfte sich lange bei ihm aufhalten. Diese Vorsichtsmaßnahme war nach den Erfahrungen mit dem Nachbarn seiner Oma durchaus verständlich. Wer hat schon Bock, zweimal in den Knast zu wandern? Wiederholungstäter bekommen volle Kanne einen verbraten.

Am liebsten verkaufte Volker an Kiffer, die mit dem Rad oder zu Fuß ihre Ware abholten, denn Radfahrer und Fußgänger hatten keine Kennzeichen, die man notieren könnte. Zwar verirrte sich selten ein Streifenwagen der Polizeiwache Brodenbach in das Tal, aber eine gewisse Vorsicht konnte nie schaden. Volker checkte auch vor jeder Übergabe vom Dachfenster aus die Umgebung ab.

Conny wartete am Hintereingang. Volker öffnete den oberen Teil der alten Stalltür. Sie begrüßten sich kurz. Eine 100-Gramm-Platte und Geldscheine wechselten die Besitzer. Cash auf die Hand. Nichts auf Kommi.

Fünf Minuten später fuhr Conny wieder in Richtung Hatzenport, überquerte die nächste Brücke und fuhr auf der gegenüberliegenden Moselseite zurück nach Koblenz.

Er benutzte für Hin- und Rückfahrt nie die gleiche Fahrtstrecke und checkte jedes Auto, das mehrere Kilometer hinter ihm fuhr und ihn auch dann nicht überholte, wenn er die Geschwindigkeit stark reduzierte. Manchmal steuerte er einen Parkplatz an und täuschte eine Motorpanne vor.

Conny hatte sich im elterlichen Garten ebenfalls einen kleinen Bunker angelegt. Unter den hohen Tannen, die das große Grundstück der Steins eingrenzten, hatte er ein Stück Rasen ausgehoben. Die Tannen brauchten keine Pflege. Es bestand also keine Gefahr, dass sein Vater das Depot entdecken könnte.

Conny portionierte die Platten in dem alten Gartenhäuschen in der hintersten Ecke des Gartens. Hierzu unterteilte er die Platte mit einem Stift in Verkaufseinheiten und schnitt diese Stücke mit dem erwärmten Messer ab. Dann verpackte er die Konsumportionen in Alufolie, steckte die jeweils bestellte Menge in kleine Cellophantütchen, kennzeichnete diese mit Gewicht und Namen der Abnehmer und legte alle zusammen in zwei übereinandergeschobene Einkaufstüten.

Dies hatte er als Brötchenjunge in einer Bäckerei kennengelernt und verlor so nie die Übersicht. Auf den Brötchentüten wurden auch die Namen der Kunden und die Anzahl der Brötchen vermerkt. Den Rest der Menge für neue und namentlich nicht bekannte Kosumenten verpackte er jeweils in Grammportionen. Um einen besseren Überblick zu behalten, notierte er in einer Excel-Tabelle Namen, Lieferadressen,

Übergabeorte, Datum der Bestellung und Auslieferung sowie eventuelle Außenstände und die bevorzugten Haschischsorten seiner Kunden.

Auch auf einen Besuch der Bullen hatte sich Conny vorbereitet und einige Taktiken von Volker übernommen. Conny konnte von seinem Zimmer aus die Zufahrt zu dem großen Anwesen beobachten und wie Volker vor einem Kundenbesuch checken, ob sich auf der Straße verdächtige Personen, also Rauschgiftfahnder, aufhielten.

Fremde Autos würden direkt auffallen. Zwei Männer, die in einem Auto warten. Und selbst ein Liebespärchen, eng umschlungen, würde sein Misstrauen wecken.

Im Verdachtsfall würde er seinen Kunden kein Haschisch, sondern eine CD aushändigen. Somit könnten ihm die Fahnder bei einer Kontrolle nichts nachweisen und eine Observation würde auffliegen. Diese Strategie fand er genial.

Denn er musste ständig mit einer polizeilichen Aktion rechnen. Im Laufe der Zeit hatte sich bei ihm eine Art Verfolgungswahn entwickelt. Überall vermutete er verdeckte Ermittler. Manchmal beunruhigte ihn sein paranoides Verhalten selbst.

Conny bunkerte auch heute wieder den größten Teil unter den Tannen. Die Portionen, die er heute noch ausliefern würde, steckte er in seine Jackentasche. Seine Mutter würde wie jeden Tag erst gegen Nachmittag nach Hause kommen. Sie unterrichtete an einer kleinen Grundschule in einem Koblenzer Vorort. Sein Vater arbeitete im Jugend- und Sozialamt und musste fast täglich Überstunden leisten. Behauptete er jedenfalls. Dabei war er fast jeden Abend Stammgast an der Theke bei Vera in der Alstadtkneipe *Dormonds*. Conny sah seinen Vater eigentlich nur an den Wochenenden und konnte daher ungestört in dem Gartenhäuschen Haschisch portionieren.

Der Gartenpavillon war zu seiner Kinderzeit ein Vogelhaus gewesen. Als Mutter vor einigen Wochen das Brotmesser mit den dunklen Anhaftungen in dem Gartenhäuschen fand, war sie zunächst verwundert. Sie hatte Conny gefragt, wozu er das Messer benutzt habe und warum er sich so oft in dem verfallenen Pavillon aufhielte. Er hatte ihr glaubwürdig erklärt, dass er sein Pfadfindermesser verloren und deshalb mit dem Brotmesser einen Wanderstock geschnitzt habe. Und dann hatte er noch einen draufgesetzt: An diesem Ort würde er an seine Kindheit erinnert. „Ich höre dann wieder die Wellensittiche, Dompfaffen, Rotkehlchen singen, kann mich entspannen und auf meine Schulaufgaben konzentrieren“, hatte er seiner verblüfften Mutter vorgeschwärmt.

Und sie hatte es geglaubt.

Wie naiv.

Noch gutgläubiger als Mary.

Als seine Mutter einen kleinen Brocken Haschisch in Connys Rucksack entdeckt hatte, konnte er sie davon überzeugen, dies sei ein vertrockneter Maggiwürfel vom letzten Pfadfinderlager im Brexbachtal. Auch das hatte seine Mutter geglaubt. Oder glauben wollen?

Conny hatte sich zwischenzeitlich auf dem Flohmarkt eine Feinwaage, ein spezielles Messer zum Schneiden der Konsumportionen und ein großes Holzbrett gekauft. Das Geschäft florierte.

Und er hatte schon wieder eine Idee, wie er seinen Geschäftszweig ausbauen und den Gewinn steigern könnte.

4.

Conny nahm während der Pausen lediglich die Bestellungen entgegen, dealte aber nie auf dem Schulhof. „Ihr könnt auch bei mir zu Hause anrufen, wenn ihr etwas außerplanmäßig braucht. Oder schickt mir 'ne SMS oder 'ne Mail. Aber niemals Klartext!“, sagte er und nannte Code-Wörter, damit man auch im Beisein von Eltern unauffällig bestellen konnte. Denn man musste immer mit einer Telefonüberwachung durch die Polizei rechnen.

Viele Dealer wechselten deshalb ständig ihre Handynummern.

Als einer aus Connys Klasse telefonisch ein Piece bestellte, glaubte dessen Mutter, es handle sich um die Bedeutung des Wortes Peace: Friede als Begrüßungsfloskel einer gewaltverabscheuenden Generation. Zum Schreien.

Conny traf sich mit seinen Kunden immer am Rand des Centerplatzes. Der Platz war inzwischen eine Riesenbaugrube, weil sich die Politiker des Stadtrats nicht über den Bebauungsplan einigen konnten. Die Grünen wollten einen Park mitten in der Stadt, die Schwarzen und Roten ein Kultur- und Einkaufszentrum und die Gelben antworteten auf diese Frage mit einem entschiedenen „Vielleicht“.

Ein Park mit Bäumen, hohen Sträuchern und versteckten Nischen mitten in der Stadt wäre für die Kiffer geil gewesen, aber sie fragte ja niemand.

Es war immer ein besonderes Ereignis, wenn sich die Kiffer auf der Schmidtenhöhe, einem ehemaligen Übungsgelände der Bundeswehr, trafen.

Die von den Panzern geschaffenen wüstenähnlichen Flächen waren mit Brombeerbüschen und Hecken überwuchert und hatten sich inzwischen zu bunten Blumenwiesen und einem attraktiven Lebensraum für viele Lebewesen entwickelt. Das Gelände war Teil des europäischen Schutzgebietssystems und auch ein geeigneter Rückzugsraum für Koblenzer Kiffer. Das vom Bund für Naturschutz verwaltete Terrain war mit einem zehn Kilometer langen Elektrozaun umgeben, hinter dem Taurusrinder und Konik-Pferde in freier Wildbahn lebten. In der Einsamkeit der unberührten Naturlandschaft konnte man ungestört Haschisch rauchen. In diesem abgezäunten Bereich kifften sie ihre Erdböhlchen, eine Eigenkonstruktion aus einem Lehmiglu und einem dünnen Bambusrohr.

Es machte echt Laune, wenn sie von diesem Hochplateau aus die untergehende Sonne beobachteten und wie Indianer an der Friedenspfeife an diesem Bambusrohr saugten.

Manchmal fuhr Conny mit einigen auch auf den Waldparkplatz in der Nähe des Rheinsteigs. Von dort genossen sie den weiten Blick über die Stadt am Zusammenfluss von Rhein und Mosel. Wenn sie gemeinsam kifften und den Sonnenuntergang betrachteten, dann schien nicht nur die BUGA-Stadt Koblenz, sondern die ganze Welt vor ihren Füßen zu liegen. Der würzige Geruch der Haschischschwaden, die Richtung Rheintal zogen, und die Basstöne aus dem CD-Player in Connys Golf waren eine irrwitzige Kombination. An einem schwülen Sommertag im Cabrio zu liegen, die Füße über die Türen zu hängen und gemeinsam einen Joint zu rauchen, war das Geilste, was sie sich vorstellen konnten.

Aber allen war klar: Von Tag zu Tag wuchs die Gefahr, dass die Eltern etwas mitbekamen.

Was würden sie dann machen?

Alles abstreiten?

Oder zugeben, dass sie gekifft hatten?

Die meisten Eltern würden aus allen Wolken fallen und den Umgang mit den Freunden verbieten. Für viele wäre das der Zusammenbruch ihrer heilen Welt.

Darüber hatten sie sich schon oft unterhalten und hofften, dass sie niemals erwischt würden, wenn sie nach dem gemeinsamen Kiffen am Samstagabend nach Hause kamen.

***

Das Haus lag im Dunkeln.

Keine einzige Lampe brannte.

Die Eltern waren vermutlich schon im Bett.

Melanie öffnete leise die Haustür. Sie wollte sich heimlich in ihr Zimmer schleichen.

Plötzlich ging das Licht an.

Mutter stand schon auf der Treppe.

„Da bist du ja endlich!“, flüsterte sie, um ihren Mann nicht zu wecken.

Melanies Mutter konnte erst ruhig einschlafen, wenn ihre Tochter auch im Bett lag. Sie hatte immer Angst, es könnte irgendwas Schreckliches passiert sein. Melanie von einem Auto angefahren. Im Straßengraben verblutet.

Schwer verletzt in einem Fahrzeug nach einem Frontalzusammenstoß, weil ein besoffener Jugendlicher wegen überhöhter Geschwindigkeit die Kontrolle über seinen Wagen verloren hatte.

Von Schlägertypen verprügelt.

Von einem Triebtäter vergewaltigt.

Zunächst hatte Melanie noch versucht, ihre Mutter zu beruhigen: *„Mama, warum machst du dir ständig Gedanken um Dinge, die überhaupt nicht passiert sind?“* Und ihre Mutter hatte geantwortet: *„Das kannst du erst verstehen, wenn du selbst Kinder hast.“*

Und nun streichelte sie Melanie über die Wangen.

„Du siehst komisch aus. Geht es dir nicht gut?

Hast du etwa getrunken, Kind?“

„Ja, ja“, murmelte Melanie vor sich hin, obwohl es nicht stimmte. Das hatte sie von den Jungs inzwischen gelernt: Nie eine konkrete Antwort geben. Hauptsache, ihre Mutter war mit der Antwort zufrieden.

Sie sagte immer, dass Melanie mit ihr reden könne, wenn sie „was anderes" konsumieren würde. „Was anderes" sagte ihre Mutter immer. Illegale Drogen nannte sie nie beim Namen. Aber irgendwie fand Melanie es gut, wie ihre Mutter reagierte.

Sie machte sich eben Sorgen!

***

„Hallo", sagte Marco leise und warf einen kurzen Blick ins Wohnzimmer.

Herr Kniebs lag schlaff im Fernsehsessel. Ein Fußballspiel wurde übertragen.

„Lauf, du fauler Sack!", schrie sein Vater.

Der faule Sack war Lukas Podolski, der sich im Fußballstadion die Seele aus dem Leib lief.

Im gleichen Augenblick setzte sein Vater sich eine Flasche Bier an den Mund. Neben dem Fernsehsessel vor der Eichenschrankwand standen bereits drei leere Flaschen.

Marco wollte die Schiebetür wieder leise schließen. „Weißt du eigentlich, wie spät es ist?", rief sein Vater vorwurfsvoll, ohne den Blick vom Fernseher abzuwenden.

„Morgen ist doch Sonntag", antwortete Marco.

„Wir hatten elf Uhr vereinbart und es ist nach Mitternacht!"

Die Stimme seines Vaters wurde lauter.

„WIR hatten nichts vereinbart. DU hast es bestimmt", widersprach Marco.

Mit unerwarteter Schnelligkeit erhob sich Herr Kniebs aus dem Sessel.

„Wie siehst du denn aus? Wieso stinkst du so nach Rauch?", tobte er, ging in die Küche und holte sich eine neue Flasche Bier aus dem Kühlschrank. Er schrie so laut, dass Marcos

Mutter oben im ersten Stock aufwachte und schlaftrunken zur Treppenbrüstung kam.

„Was ist denn da unten los?“, rief sie.

„Dieser Rotzlöffel kommt jetzt erst nach Hause und es sieht ganz so aus, als wäre er zu wie eine Handgranate. Aber nicht von Bier. Er riecht nach diesem Teufelszeug.“

„Welches Teufelszeug?“, fragte sie ängstlich.

„Haschisch, du hast aber auch gar keine Ahnung!“

Marcos Vater bebte vor Zorn.

Er starrte Marco wütend an.

Ein stechender Blick.

Bedrohlich. Angsterregend.

„Ich warne dich, Freundchen. Wenn du was nimmst, dann kannst du deine Koffer packen!“

Dann ließ er sich mit seiner Flasche Bier wieder in den Sessel fallen und starrte auf den Fernseher.

Marco drehte sich um, lief die Treppe hinauf und sah, dass seine Mutter weinte.

Sie streckte ihre Hand aus, aber Marco machte eine abwehrende Handbewegung, lief weiter und schlug die Tür seines Zimmers hinter sich zu.

Mit der Wut stiegen auch die Tränen in seine Augen.

Keiner sollte seinen Gefühlsausbruch miterleben.

Der da unten schon gar nicht.

Und Mama tat ihm nur leid.

***

Am Montagmorgen tauschten die Freunde auf dem Schulhof unter dem großen Kastanienbaum erneut ihre Erfahrungen mit den Reaktionen der Eltern aus. Dieser Gedankenaustausch schien wie das Kiffen inzwischen ein fester Bestandteil ihres Alltags zu sein.

„Mein Vater würde ausrasten und mich kaputtschlagen, wenn er was herausbekommen würde“, seufzte Anja. Das konnte sie locker sagen, denn sie hatte am Samstag wieder nicht mitgekifft.

Ihr Trick funktionierte weiterhin, aber sie fühlte sich wieder wie eine Verräterin.

Irgendwann würden die anderen es merken und vor diesem Tag hatte Anja Angst.

Kais Stimme riss sie aus ihren Gedanken.

„Meine Mutter wollte nur wissen, ob ich Bier getrunken habe und wenn ja, dann sollte ich bitte in den Eimer und nicht aufs Bett kotzen."

Alle lachten.

„Und, Alldah, hast du auch schön gekotzt?", fragte Andy.

„Nö, aber ich hatte nachts einen wahnsinnigen Kohldampf und habe den halben Kühlschrank leergefressen!", antwortete Kai. „Und du?"

„Na ja, meine Eltern haben schon gemerkt, was mit mir los war." Andy zuckte mit den Schultern. „Aber sie waren echt cool. Mein Vater hat sogar zugegeben, dass er früher selbst mal Haschisch probiert hat. Trotzdem findet er, ich soll nicht weiterrauchen, denn jeder Mensch reagiere unterschiedlich auf Drogen. Ich könne auch zu ihm kommen, wenn ich mal Mist gebaut habe."

Irgendwie war Andy erleichtert, dass er mit seinem Vater darüber reden konnte. Er glaubte in den Augen der anderen zu erkennen, dass sie ihn beneideten und einige sich auch mehr Verständnis und Gespräche ohne Vorwürfe gewünscht hätten.

Nur der sonst so stille Marco flippte plötzlich völlig aus. „Und wenn der jetzt mit unseren Eltern redet?!", schrie er. „Hey, das war echt scheiße, dass du es zugegeben hast!"

„Bleib cool, Brauner! Mein Alter wird sich da nicht einmischen. Er sagt, das müssten eure Eltern schon selbst regeln. Also keine Panik, okay?"

Bereits kurze Zeit später fanden die meisten es stinklangweilig, bloß über Kiffen und Eltern zu reden. Einige wollten nur noch selten oder nie mehr Haschisch rauchen. Okay, ab und zu mal auf 'ner Fete, aber nicht regelmäßig.

Nur Marco rauchte mehrmals in der Woche. Die Androhungen seines Vaters hatten ihn nicht abgeschreckt. Im Gegenteil.

Am Anfang hatte Marco hauptsächlich geraucht, weil er in der Clique nicht das Gesicht verlieren wollte. Seit die anderen nur noch selten kifften, zog er sich seine Joints alleine rein. Conny versorgte ihn weiterhin mit Shit. Und Marco zog sich immer mehr aus der Clique zurück. Er hatte einfach keinen Bock mehr, irgendetwas gemeinsam zu unternehmen.

Außerdem war er sowieso dauermüde.

Na ja, und in der Schule sah es auch nicht rosig aus: Seine Noten waren unterirdisch schlecht.

Aber das war Marco egal, shitegal.

Es stimmte scheinbar, dass Haschisch gleichgültig machte.

Er hatte keinen Bock mehr.

Auf nichts. Nur Bock auf breit sein.

***

Conny vertickte inzwischen immer häufiger 100-Gramm-Platten, portionierte nur noch selten Rauchpieces und kaufte bei Volker jeweils ein Kilo Haschisch ein.

Marco hatte die letzten Euro von seinem Sparbuch abgehoben. Nun musste er alle Dinge verkaufen, die ihm als Kind sehr viel bedeutet hatten und an denen sein Herz immer noch hing: Loks, Züge und Schienen seiner Märklin-Modelleisenbahn, Faller-Häuser, Wiking-Autos, das alte Standfernrohr von Opa, das handgeschnitzte Schachspiel von Onkel Max, das Tischfussballspiel und den ferngesteuerten Geländewagen.

Es fühlte sich für Marco an, als wäre dies der Ausverkauf seiner Kindheit.

***

Anjas Vater war fest davon überzeugt, dass seine Tochter einen „schlechten Umgang" hatte. Sie verhielt sich in der letzten Zeit so widerspenstig und irgendwie seltsam. Aufmüpfig war sie und protestierte ständig gegen alles: vor allem gegen die sonntäglichen Familienausflüge und Besuche bei Verwandten.

Sie wollte lieber mit irgendwelchen Typen aus ihrer Klasse rumhängen. Immer öfter tauchte bei ihm der Verdacht auf, dass seine Tochter „haschte". Mit seiner Frau wollte er sich nicht darüber unterhalten. Und Anja? Die würde er erst dann ansprechen, wenn er es schwarz auf weiß belegen konnte. Er spionierte seiner Tochter nach, beobachtete sie in der Stadt, öffnete ihre Post, las ihre Mails, nachdem er das Kennwort ihres PC entdeckt hatte, und auch die SMS, wenn das Handy seiner Tochter unbeaufsichtigt im Zimmer lag. Und nach einigen Wochen fand er endlich den Beweis.

Die zeitaufwändigen Recherchen hatten sich gelohnt.

Wenn er seine Tochter mit diesem Wissen konfrontieren würde, könnte sie nichts mehr abstreiten.

Er wusste in dem Moment jedoch nicht, ob er nun zufrieden war oder sich lieber geirrt hätte.

Aber er wusste genau, was er mit dem Brief machen würde.

Damit würde sie nie rechnen.

Doch das war für ihn die einzige wirkungsvolle Maßnahme.

5.

Frau Müller und Olaf Pinger, der Beratungslehrer für Suchtvorbeugung am Schiller-Gymnasium, saßen alleine im Lehrerzimmer.

„Ich befürchte, Marco nimmt Drogen, aber ich weiß nicht, wie ich an ihn herankomme. Der Junge hat sich in letzter Zeit sehr verändert. Sitzt besonders montags vollkommen apathisch im Unterricht. Reagiert meistens verzögert auf Ansprache und schaut mich nur an. Dann habe ich das Gefühl, es läuft alles an ihm vorbei und er versteht manche Fragen überhaupt nicht, weil er in Gedanken weggetreten ist. Von seinem enormen Leistungseinbruch ganz zu schweigen. Kannst du mir weiterhelfen?“, fragte Carola Müller.

Olaf Pinger zuckte mit den Schultern.

„Ehrlich gesagt, ich habe immer gehofft, dass mich nie jemand um Hilfe bittet. Ich bin doch damals an den Posten des Beratungslehrers für Suchtvorbeugung gekommen wie die Jungfrau zum Kind. Anfangs hatte ich noch die Illusion, dass ich was bewegen könnte. Erinnerst du dich noch, als ich im Kollegium um Unterstützung für suchtpräventive Projekttage mit Schülern gebeten habe? Da hat sich außer dir nur noch die kleine blonde Referendarin gemeldet. Wie hieß die noch mal?“

Carola Müller zuckte mit den Schultern.

„Weiß ich auch nicht mehr. Die wechseln zu häufig.“

„Na ja, ist auch egal. Jedenfalls bin ich im besten Einverständnis mit Dr. Schmidt nie aktiv geworden. Der hat schon mehrere Fälle unter den Teppich gekehrt. Das habt ihr gar nicht mitbekommen. Marco ist nicht der Einzige an unserer Schule, der auf Drogen ist“, stellte Pinger resignierend fest.

„Wie bitte, du weißt das und machst nichts?“, fragte Carola Müller vorwurfsvoll.

„Ja, ja. Schmidt will doch seinen Laden sauber halten. Der hat Angst um den guten Ruf seiner Schule."

Pinger rieb sich mit der rechten Hand am Ohrläppchen. Wie immer, wenn er nervös war und ihn eine Situation überforderte.

„Ja! Und es kann halt nicht sein, was nicht sein darf", erwiderte Carola Müller verärgert und blickte nachdenklich aus dem Fenster.

Pinger fühlte sich getroffen, als könne er die Gedanken seiner Kollegin lesen.

„Ich soll keine schlafenden Hunde wecken, hat Schmidt immer gesagt, und wir würden alles schulintern regeln. Weißt du noch, als die Schülerzeitung eine Umfrage auswertete, wer an unserer Schule schon Erfahrung mit Haschisch hat?"

„Ja, klar. Damals hat er die ermittelte Prozentzahl mit einem dicken Eddingstift geschwärzt."

Olaf Pinger schüttete den heißen Kaffee ein und umfasste die Tasse mit beiden Händen.

„Unser Chef hat immer nur Angst vor sinkenden Schülerzahlen, weil Eltern Kinder nicht auf ein Gymnasium schicken, an dem offensichtlich Drogen konsumiert werden. Wir sind ja die Elite. Lächerlich!"

Carola Müller nickte: „Ja, elitär sind wir in der Tat, aber im Verdrängen. So ein Schwachsinn, als würden an der Schule, die das Problem offen thematisiert und Hilfestellungen anbietet, die meisten Drogen konsumiert. Aber die Eltern lassen sich gerne belügen und machen es Schmidt mit seiner Verdrängungstaktik einfach. Ein Irrsinn im Denken, den man beenden muss."

Carola Müller goss sich auch einen Kaffee ein. In diesem Moment betrat Dr. Schmidt das Lehrerzimmer und fragte: „Was muss man beenden?"

„Ich habe Herrn Pinger um Hilfe gebeten", erkärte Carola Müller. „Ich fürchte, dass einer meiner Schüler Drogen konsumiert."

„Aber liebste Kollegin. Haben Sie konkrete Beweise?“

„Leider nein!“

„Und warum machen Sie dann ein Problem daraus?“, fragte Dr. Schmidt lächelnd und in einem Tonfall, der irgendwie mitleidig klang. Es war offensichtlich, dass er die „liebenswerte Müllerin“, wie sie alle nannten, nicht ernst nehmen wollte.

Aber Carola Müller ließ sich nicht aus der Fassung bringen. Sie hatte lange genug ihren Mund gehalten und jetzt war sie richtig in Fahrt.

„Was heißt denn hier Problem machen“, schimpfte sie. „Erstens ist das Problem da und zweitens: Ich habe es nicht gemacht. Ich mache mir aber Gedanken um Marco Kniebs. Der hat sich in der letzten Zeit sehr verändert.“ Carola Müller zählte die Gründe für ihr Verdacht auf, aber Schmidt ging auf keine einzige der Vermutungen ein.

„Ach, die sind in dem Alter halt so. Das gibt sich wieder. Zeigen Sie der Klasse doch *Wir Kinder vom Bahnhof Zoo*. Das wird sie abschrecken, denn so will ja wohl niemand enden.“

„Was? Diesen alten Schinken? Und wissen Sie denn nicht, dass alle Warnungen und Drohungen Jugendliche nicht davon abgehalten haben, Drogen zu probieren? Jugendliche sind unsterblich. Jeder glaubt, dass es immer nur den anderen geschieht. Also, mit diesem Vorschlag haben Sie mir nun wirklich nicht weitergeholfen.“

Olaf Pinger, der immer noch seine Tasse mit beiden Händen umklammerte, sah sich einerseits gefordert, in dieser Situation als Beratungslehrer für Suchtvorbeugung aktiv zu werden. Andererseits wollte er sich nicht die Sympathie seines Schulleiters verscherzen, denn er hatte momentan gute Chancen, beim nächsten Termin zum Oberstudienrat befördert zu werden. Pinger erhob die Hand, bevor er sich mit leiser Stimme zu Wort meldete: „Vielleicht sollten wir beim nächsten Studientag über Möglichkeiten und Grenzen in der schulischen Sucht- und Gewaltprävention diskutieren.“

Dieser Vorschlag schien dem Schulleiter überhaupt nicht zu gefallen. Er bedachte Pinger lediglich mit einem strafenden Blick und drehte sich wieder zu seiner Kollegin um: „Wissen Sie was, Frau Müller? Wir sollten nicht hinter jeder Verhaltensänderung eines Schülers Drogenkonsum vermuten und voller Panik Studientage und Gesamtkonferenzen einberufen, sondern unsere Kräfte für wichtigere Dinge zum Wohl unserer Schüler bündeln."

„Und was bitte bedeutet für Sie das Wohl unserer Schüler?", zischte Carola Müller.

Schmidt blieb die Antwort schuldig und Pinger nippte verlegen an seiner Tasse. Seine Kollegin schien heute ihre kämpferische Ader entdeckt zu haben und bevor er zu einer Antwort ansetzen konnte, redete sie schon weiter.

„Und was ist mit Conny Stein, der an unserer Schule dealen soll? Das ist doch ein offenes Geheimnis. Und wir verhalten uns wie die drei Affen: nichts hören – nichts sehen – und nicht darüber sprechen. Wir können doch nicht die Augen vor der Realität verschließen und eine heile Schulwelt vorgaukeln."

Eine eisige Stille breitete sich in dem Raum aus.

Das blasse Gesicht des Schulleiters verfärbte sich. „Herr Dr. Schmidt!", sagte Carola Müller mit fester Stimme, obwohl sie innerlich bebte und zitterte. „Wir können doch nicht so tun, als würden unsere Schüler keine Drogen nehmen. Es ist ja auch nicht Ihre Schuld."

Schmidt hatte sich von den überraschenden verbalen Angriffen seiner ansonsten schüchternen Kollegin erholt. Er räusperte sich. „Mir ist außer Conny Stein kein weiterer Fall bekannt und nach meinem Informationsstand verkauft Stein nur an Schüler der Hauptschule und nie bei uns auf dem Schulhof und …"

„Ach, interessant! Woher wissen Sie das denn?", fauchte Carola Müller.

Schmidt überhörte den Einwurf: „… somit sind wir kein Drogenumschlagplatz und sollten keine schlafenden Hunde wecken."

„Herr Dr. Schmidt. Ich bitte Sie. Das darf doch wohl nicht wahr sein?!", rief Carola Müller entgeistert.

„Wir werden mit einem Schulverweis klare Zeichen setzen, aber erst dann, wenn wir konkrete Verdachtsmomente haben. Auch bei uns gilt das Prinzip: *in dubio pro reo*. Im Zweifel für den Angeklagten. Und damit ist das Thema für mich beendet. Sie entschuldigen mich, ich habe wichtigere Dinge zu tun."

Schmidt drehte sich um und schlug die Tür hinter sich zu, ohne seinen Kollegen nochmals ins Gesicht zu schauen.

Carola Müller atmete tief durch und sah Pinger an.

„Wovor hat dieser Mann Angst?", fragte sie, trank den inzwischen kalten Kaffee widerwillig, verschluckte sich und bekam einen heftigen Hustenanfall.

Pinger stellte sich hinter sie, klopfte Carola Müller fest auf den Rücken und sagte: „Angst um den guten Ruf der Schule, Angst vor dem Gerede der Eltern, Angst vor der Schulaufsichtsbehörde, Angst, mit dem Problem überfordert zu sein und beim Ministerium in der Reihe der Mitbewerber für die begehrte Stelle im Studienseminar aus dem Rennen zu fallen."

Carola Müller drehte sich wieder um und blickte Pinger tief in die Augen.

„Und DU willst Oberstudienrat werden!"

Pinger errötete leicht und lenkte ab.

„Aber das Schärfste kommt ja noch!"

Carola Müller sah ihren Kollegen neugierig an.

„Was denn? Erzähl!"

„Die älteste Tochter von Schmidt ist in der Klasse meiner Frau am Goethe-Gymnasium. Letzte Woche hat Schmidt dem Schulleiter Dampf gemacht: Seine Tochter habe ihm erzählt, an der Schule werde mit Drogen gehandelt. Er hat den Schulleiter aufgefordert, umgehend etwas zu unternehmen und die Einschaltung der Polizei verlangt. In solchen Fällen dürfe man nichts aus Angst um den guten Ruf der Schule vertuschen."

„Ja, das ist ja wohl der blanke Hohn. So ein falscher Fuffziger. Schmidt verlangt, dass sein Kollege reagiert, aber er vertuscht den gleichen Sachverhalt an seiner eigenen Schule. Klar, das Goethe-Gymnasium ist ja Konkurrenz. In welcher Welt leben wir denn?"

„Es tut mir leid, dass ich dir nicht weiterhelfen konnte. Ruf doch mal bei der Drogenberatungsstelle oder dem Elternkreis an. Vielleicht können wir auch mal einen Polizisten in die Schule einladen, um uns über die aktuelle Situation zu informieren", schlug Olaf Pinger vor.

„Ja, das ist eine gute Idee, aber Schmidt wird nicht begeistert sein. Keine Polizei, so lautet doch seine Devise!", sagte Carola Müller und malte sich die Schwierigkeiten aus, mit denen sie zu rechnen hatte. Es würde nicht einfach sein, Eltern und Kollegen von der Notwendigkeit eines solchen Informationsabends zu überzeugen.

Olaf Pinger schien ihre Gedanken zu lesen.

„Das kann nur über den Elternbeirat laufen, sonst zieht der Alte nicht mit. Wenn der *Polizei* hört, wird er die Schotten dicht machen."

In diesem Moment erinnerte sich Carola Müller an den Vortrag eines Beamten vom Rauschgiftkommissariat vor einigen Jahren. Der Kriminalkommissar hatte über Erscheinungsformen, Konsumpraktiken, erforderliche Utensilien, verräterische Gegenstände und die Wirkungsweisen illegaler Drogen informiert und betont, wie wichtig ein Gespräch mit den jungen Menschen in vertrauensvoller Atmosphäre sei. Nur so könne man Sprachlosigkeit überwinden und bereits im Vorfeld einer kritischen Entwicklung eventuell den Einstieg in den dauerhaften Konsum verhindern. An eine Aussage des Kommissars erinnerte sich Frau Müller besonders: Kinder würden sich wünschen, dass sie mit ihren Eltern angstfrei über dieses Thema reden können, ein Thema, das Jugendliche brennend interessiere und Erwachsene oft erschreckend kalt lassen würde. Der eigentliche Skandal sei heutzutage, dass viele junge Menschen keine einzige erwachsene Person ihres Vertrauens kennen, denen sie sich in solchen Situationen angstfrei anvertrauen könnten. Diese Aussagen aus dem Mund eines Polizisten hatten viele zum Nachdenken angeregt, aber leider waren nur wenige Eltern an diesem Abend anwesend. Die Eltern, die es am meisten nötig gehabt hätten, waren erst gar nicht erschienen. Viele hatten wohl Angst vor dem Gerede der Nachbarn. Was würden die denken, wenn ich mich für dieses Thema interessiere? Die unterstellen mir, dass mein Kind Drogen konsumiert und wie schnell verbreitet sich ein Gerücht in einer Stadt, in der sich viele kennen.

Carola Müller würde schon nächste Woche die Schulelternsprecherin bitten, Kontakt mit dem Beamten aufzunehmen.

6.

Kriminalhauptkommissar Tom Schneider war einer der alten Hasen im Rauschgiftkommissariat. Einige Kollegen im Polizeipräsidium lästerten, Tom sei mit seiner Dienststelle verheiratet und habe scheinbar kein Bett zu Hause, weil er überdurchschnittlich viele Überstunden angesammelt hatte.

Niemand ahnte etwas von Toms Problemen.

Nur sein Kollege Elmar Eccarius kannte den wahren Grund, warum Tom sich bei den Ermittlungen so besonders stark engagierte.

Tom Schneider war in der Szene bekannt wie ein bunter Hund. Sein athletischer Körper war mit den Jahren etwas fülliger geworden. Er hatte sich einen *Rettungsring* angehamstert, den er – wenn er auf die Zunahme seines Körpergewichts angesprochen wurde – seine *kulinarische Zone* nannte. Die zunächst aussichtsreiche Fußballkarriere bei TUS Koblenz musste er nach einer Bandscheibenoperation beenden. Zunehmend vernachlässigte er den Dienstsport und versackte stattdessen mit Eccarius, den alle Ecci nannten, oft in der Koblenzer Altstadt bei Vera im *Dormonds* oder bei seinem Lieblingsitaliener Giuseppe und dessen charmanter Schwester Antonetta in der Trattoria „*Adria*" in der Nähe des Rheins.

***

Herr Goldhausen wusste bereits nach dem Lesen der ersten Zeilen, dass er nun den lange ersehnten Beweis in den Händen hielt. Immer wieder hatte er seiner Tochter Anja nachgeschnüffelt: ihre Briefe gelesen, in ihren Taschen und im Zimmer nach verdächtigen Gegenständen gesucht und nun lag endlich der Beweis in seinen zitternden Händen. Anjas Brief an ihre Freundin Melanie.

Liebe Melanie,
über Deinen Anruf und die Einladung hab ich mich echt wahnsinnig gefreut, aber ich konnte nicht so richtig reden, wie ich wollte, denn meine Eltern kriegen immer solche Ohren, wenn Du am Telefon bist..
Ich habe echt richtig Bock, mit euch was anzustellen, muss nur versuchen, dass ich am Weekend bei Dir pennen kann. Ich sag einfach, ich schlaf bei Mary. Die finden meine Eltern gut. Leider als Einzige von euch. Du weißt ja, Papa meint, dass Du einen schlechten Einfluss auf mich ausübst. Ha ha.
Und jetzt will ich Dir noch ein Geheimnis verraten.
Ich habe auf deiner Fete damals nur so getan, als hätte ich gekifft, weil ich Angst hatte, ihr würdet mich auslachen. Und ich hatte auch Angst vor meinen Eltern, deshalb habe ich nicht mitgeraucht. Aber bitte behalte es für dich, denn ich möchte nicht, dass die anderen mich im Nachhinein noch auslachen. Es bleibt unser Geheimnis, okay?
Aber nun ist es doch geschehen. Letztes Wochenende hatte Marco sturmfreie Bude. Der hat ein astreines Zimmer und ne geile Anlage. Alles supi. Nachher kamen immer mehr, bis wir so ca. 15 waren. Dann fingen die an zu kiffen und ich wollte endlich mitmachen, obwohl ich natürlich – wie immer — Schiss hatte, dass meine Eltern etwas merken könnten. Nach dem zweiten Zug bin ich plötzlich nach hinten gekippt! Echt, das Zeug hat mich voll umgehauen! Ich meinte, ich müsste sterben! Da haben sie mich ans Fenster geschleppt, wo ich noch rausgereihert habe. Nach zwei Minuten war alles wieder o.k., und das war echt ein geiles Feeling, obwohl ich mir das anders vorgestellt hatte. Stell dir vor, ich durfte an dem Tag (zum Glück) länger bleiben, weil Marco angerufen und meine Alten überredet hat.
Am Sonntag waren wir im EXTRA. Mary und ich haben wieder so 'ne Schau abgezogen und anders getanzt usw. Zuerst glotzten die Assis nur. Dann fingen die Bemerkungen an. Zu

Mary sagten sie, ob sie sich nicht schämen würde, so in den schwarzen Sachen und mit den kaputtenen Handschuhen rumzulaufen. Und das waren so zwei richtige SS-Typen: Scheiß Schleimer. Reden wie ihre Alten, echt ätzend, und jeder, der anders aussieht als Schleimies, den machen sie an. Und als wir sie auch noch Schleimer genannt haben, wollten sie uns ein paar in die Fresse knallen. Lächerlich, wenn die sich nicht mehr wehren können, wollen sie immer kloppen. So richtig auf dem neuen Brutalo-Trip.
Ich hoffe ja, was ich dir so schreibe, langweilt dich nicht. Aber ich muss meine Gedanken einfach loswerden, und wo kann man das schon?
Gestern war ich in der Teestube, das war so ziemlich mittelmäßig. Da haben wir Shisha geraucht. Ist aber nicht so geil wie Shit. Jetzt weiß ich nichts mehr.
Also tschüss bis bald
Deine Anja

Goldhausens Hände zitterten. Das Herz schlug ihm bis zum Hals. In diesem Brief stand schwarz auf weiß, was er schon immer vermutet hatte.

Seine Tochter rauchte Haschisch.

***

Tom Schneider checkte wie jeden Morgen seine dienstlichen Mails im Polizeipräsidium. Bereits kurz nach sieben klopfte es heftig an der Tür. Noch bevor Tom „Herein!" rufen konnte, betrat Herr Goldhausen das kleine Büro.

Goldhausen war Offizier beim Militärischen Abschirmdienst. Tom kannte ihn von Ermittlungen gegen Bundeswehrangehörige. Vor einiger Zeit wollte Oberstleutnant Goldhausen wissen, woran man erkenne, dass Menschen Drogen nehmen. Er erwartete eine Checkliste, die er von eins bis zehn abhaken konnte. Wenn das so einfach wäre, hatte Tom damals gedacht und erinnerte sich daran, dass er Herrn Goldhausen gefragt hatte, ob er einen konkreten Anlass für seine Frage habe. Goldhausen nannte dienstliche Gründe, aber Tom hatte schon damals das Gefühl, dass da mehr dahintersteckte. Wir haben Gott sei Dank kein Problem mit unserer Tochter, hatte Goldhausen gesagt. Es hatte nicht überzeugend geklungen.

„Guten Morgen, Herr Goldhausen, was führt Sie denn schon so früh in diese heiligen Hallen? Wieder ein Drogenproblem mit einem Mitarbeiter?"

„Nein, schlimmer!"

Goldhausen atmete tief durch.

„Nehmen Sie doch Platz!"

Schneider zeigte auf den Stuhl vor seinem Schreibtisch.

„Ich bin fix und fertig", stöhnte Goldhausen und berichtete, was er in Erfahrung gebracht hatte. Nervös lief er in dem Büro auf und ab und legte schließlich das Beweisstück auf den Tisch.

„Ich wollte meine Tochter eigentlich selbst vernehmen", bemerkte er mit einem Anflug von Zynismus.

Tom verschlug es die Sprache.

„Die müssen alle einen anständigen Schuss vor den Bug bekommen, damit sie von dem Teufelszeug wegkommen", ereiferte sich Herr Goldhausen und tippte mit dem Finger auf den Brief.

„Und was sagt Ihre Tochter?" Tom versuchte, die Ruhe zu bewahren.

„Wieso?", erwiderte Goldhausen mit erhobener Stimme, als habe sein Gegenüber eine unmögliche Frage gestellt.

„Ja, haben Sie denn nicht mit Ihrer Tochter gesprochen?", fragte Tom und spürte seine innere Erregung. Mit einem Schlag tauchten wieder die dunklen Schatten seiner Vergangenheit auf und waren so gegenwärtig wie nie zuvor.

„Natürlich nicht. Die würde doch nur alles abstreiten!"

„Natürlich nicht!“, wiederholte Tom leise, lehnte sich im Sessel zurück und versank in seinen Gedanken, während Goldhausen pausenlos weiter auf ihn einredete.

„Ich erwarte, dass Sie den Brief zu Ihren Akten nehmen und ein Verfahren einleiten. Es muss ja nicht bekannt werden, von wem Sie die Informationen erhalten haben.“

Tom atmete tief durch, beugte sich wieder nach vorne und legte beide Unterarme auf den Schreibtisch.

„Wie stellen Sie sich das vor? Wasch mich, aber mach mir den Pelz nicht nass?“, fragte er gereizt.

Immer wieder der Ruf nach der Polizei. Als wären wir in der Lage, alle gesellschaftlichen Probleme zu lösen, dachte er. Und er spürte wieder, wie sich immer mehr kleine Schweißperlen auf den Handinnenflächen ausbreiteten. Der schmerzhafte Druck auf den Augen verengte sein Blickfeld. Ihm wurde schwindlig. Er umfasste mit der linken Hand die Tischkante. Tom stützte sich mit der anderen Hand auf dem Schreibtisch ab und drückte den Rücken gegen die Stuhllehne. Jetzt nur nicht ohnmächtig werden. Nicht in dieser Situation. Dann nahm er den Brief in die Hand, faltete das Blatt Papier zusammen und wollte den Brief Herrn Goldhausen zurückgeben.

„Was soll das?“, fragte Goldhausen irritiert.

„Nehmen Sie den Brief wieder mit. Reden Sie mit Ihrer Tochter. Vielleicht ist es ja noch nicht zu spät. Die Polizei kommt noch früh genug ins Haus.“

„Wie bitte?! Ich glaube, ich höre nicht richtig. Das hier ist ein Anfangsverdacht, den Sie konkretisieren müssen. Ich muss Ihnen doch nicht erklären, dass Sie zur Entgegennahme von Anzeigen verpflichtet sind. Sollten Sie diesen Sachverhalt nicht zur Kenntnis nehmen, werde ich gegen Herrn Kriminalhauptkommissar Schneider eine Anzeige wegen Strafvereitelung im Amt erstatten.“

Tom glaubte, sich verhört zu haben.

Herr Goldhausen bemerkte nicht, wie sich das Gesicht seines Gegenübers verfärbte. Tom atmete tief durch und legte den Brief auf einen der zahlreichen Aktenordner. „Ich werde mich der Sache annehmen. Aber Sie sollten mit Ihrer Tochter reden!“

Bevor Herr Goldhausen das Zimmer verließ, drehte er sich nochmals um.

„Sie, Herr Schneider, werden die Ermittlungen einleiten. Ich werde Ihnen unverzüglich weitere Informationen über Dealer und Kontakte mitteilen. Verlassen Sie sich drauf. Denen lege ich das Handwerk! Und Sie werden die ganze Blase hochnehmen!“

Das klang wie ein militärischer Befehl. Dann schlug Goldhausen die Tür noch heftiger zu, als er sie beim Eintreten geöffnet hatte.

Tom stand auf und öffnete das zweite Kippfenster. Der frische Luftzug kühlte die Schweißperlen auf seiner Stirn. Mit einem unguten Gefühl lochte er den Brief und heftete die zwei Seiten im Ordner „Hinweise – Stadt Koblenz“ ab.

Dann schaute er auf die Uhr.

Es war inzwischen nach acht.

Die Frühbesprechung hatte schon begonnen.

Fast eine halbe Stunde hatte Goldhausen auf Tom eingeredet.

Tom spürte erneut die Schweißperlen auf seinen Handinnenflächen.

7.

Conny und Melanie hatten gemeinsam die Grillfete in der Waldhütte geplant. Nur ausgewählte Freunde rund um den „harten Kern“ waren eingeladen. Alle würden Samstagnacht im Wald übernachten und einige wollten nach längerer Zeit mal wieder Drogen probieren. Melanie hatte Connys Idee umgesetzt und auf die Einladung Blätter der Cannabispflanze, Pilze, Comic-Figuren und Herzchen als Cliparts eingefügt. Die Eltern, die sich die Einladungen von ihren Kindern zeigen ließen, glaubten, die Herzchen seien das Symbol für die ersten Liebesgefühle, und die Blätter und Pilze wären ein Hinweis auf eine Fete im Grünen. Melanie und ihre Freunde wussten natürlich, dass diese Symbole für das Angebot der illegalen Drogen standen, die Conny besorgen wollte.

Die Grillhütte am Rande eines Steinbruchs konnte man nur über einen schmalen Waldweg erreichen: ein idealer Standort für eine Drogen-Party. Off limits – Zutritt für die Alten verboten und somit vor unangenehmen Überraschungen sicher.

Viele wollten in dieser lauen Sommernacht am Lagerfeuer unter dem klaren Sternenhimmel nach längerer Abstinenz noch mal einen Joint rauchen.

Aber mehr nicht, obwohl Conny auch andere Drogen mitbringen wollte. Nur Marco hatte Conny gebeten, ihm was Stärkeres zu besorgen.

***

Die Eltern hatten ihre Kinder mit dem Auto bis zur Schranke gebracht. Mütter und Väter verabschiedeten ihre Töchter und Söhne mit dem obligatorischen „Trinkt nicht zu viel!“.

Der Schlagbaum schien gleichzeitig die symbolische Grenze für die Aufgabe der elterlichen Aufsichtspflicht zu sein.

Die Mädchen und Jungen schleppten Getränke, Würstchen und die üblichen Grillutensilien in Rucksäcken über den steilen Anstieg bis hoch zur Hütte hinauf. Conny teilte die Arbeit ein:

„Andy und Kai, Getränke in die linke Ecke!"

„Marco, Steaks und Würstchen in den Vorbau!"

„Melanie, Brote und Salate rechts auf die Theke!"

„Mary, du bist für die Tischdekoration zuständig!"

Zu Hause hätten sie erst nach mehrfacher Aufforderung stöhnend und widerwillig eine Aufgabe übernommen.

Wenn überhaupt.

Conny jedoch schien alle im Griff zu haben.

Er bestimmte Verantwortliche fürs Holzsammeln, teilte zwei Jungen aus der Parallelklasse für das Lagerfeuer und den Schwenkgrill ein.

Conny sagte nicht: *„Es müsste mal jemand dies oder jenes tun*", sondern er sprach jeden mit Namen an und es funktionierte.

Nicht wie zu Hause.

Es müsste mal *jemand* die Spülmaschine ausräumen. *Man* müsste mal den Mülleimer leeren.

Wer ist *jemand*?

Wer ist *man*?

Jemand ist *niemand.*

Da fühlt sich keiner angesprochen.

In der Beziehung konnten die Alten von Conny noch was lernen.

Nachdem alle Arbeiten erledigt waren, ging Mehmet mit einigen in den Wald.

Mehmet war ein Freund von Andy. Sie wohnten in der gleichen Straße. Der Nachbarjunge hatte seine komplette Bergsteigerausrüstung mitgebracht.

Vor den erstaunten Blicken der anderen seilte er sich im Steinbruch ab.

Danach probierten unter Mehmets Anleitung einige an den Bäumen aus, da ihnen der Steinbruch zu gefährlich erschien.

Andere wiederum, die weniger Bock auf Abseilen, aber dafür umso mehr Hunger hatten, legten schon die ersten Grillwürstchen auf den Rost.

Marco und Melanie rauchten einen Joint und genossen die herrliche Aussicht vom Hochplateau auf das *Deutsche Eck* und die Stadt zwischen den zwei Flüssen.

„Melanie, schau mal, da unten kommt jemand."

Melanie beugte sich neugierig ein Stück nach vorn. „Stimmt, das ist Anja. Aber sie hat Hausarrest, das dachte ich zumindest. Ihr Vater hat doch in ihren Sachen rumgeschnüffelt und ein Riesendrama veranstaltet!"

„Tja, jetzt ist sie wohl ausgebrochen." Marco lachte und beobachtete, wie Anja sich total erschöpft den Hang hochschleppte.

„Anja, super, dass du da bist!", rief Melanie ihrer Freundin entgegen. „Das gibt aber bestimmt wieder Stress zu Hause, was?!"

Mit bedrücktem Gesicht kam Anja auf sie zu.

Melanie und Marco wussten zwar vom Hausarrest, aber nicht, dass Anjas Vater den Brief an Melanie gefunden und der Polizei übergeben hatte.

Als ihr Vater das erzählt hatte, war für Anja eine Welt zusammengebrochen.

Sie hatte ihm viel zugetraut, aber so etwas nicht.

Und das würde sie ihren Freunden auch nicht verraten.

„Ob ich Stress zu Hause habe?", wiederholte sie nun Melanies Frage und begrüßte sie mit einem Küsschen rechts und links. „Das ist mir egal. Stress habe ich sowieso schon. Schlimmer kann es nicht mehr werden", und ging zu Conny in die Grillhütte.

„Hast du was dabei?", fragte Anja.

„Yellow pills von einem guten Freund", log Conny.

In Wirklichkeit sollte er für einen Dealer aus Bonn die Wirkung der selbst hergestellten Pillen testen, um anschließend zu berichten, wie seine Freunde darauf reagiert hatten. Das verschwieg Conny, denn sonst hätten die „Versuchskaninchen" Angst gehabt oder das Testergebnis wäre verfälscht worden. Die Tabletten waren eine Mischung aus Amphetaminen und LSD-Substanzen.

„Vor Gebrauch lesen Sie bitte das Betäubungsmittelgesetz und fragen Ihren Drogenberater oder Dealer", lächelte Conny, legte Anja die Pille in die Hand und drückte fast zärtlich ihre Finger darüber.

„Vergess ich auch meinen ganzen Stress, Conny?"

„Aber klar, Anja-Mäuschen, du wirst sehr glücklich sein", erwiderte Conny.

Anja dachte: *Was kann denn schon passieren, wenn ich eine Tablette nehme?* und schluckte die gelbe Pille runter.

Dann ging sie zu den anderen und starrte gedankenverloren in das lodernde Lagerfeuer.

Kurze Zeit später stand sie auf und taumelte in den Wald. Keiner achtete darauf. Einige waren ohnehin schon so zugedröhnt, dass sie überhaupt nichts mehr bemerkten.

Plötzlich erklangen ein undefinierbares Schreien aus dem Wald.

Die meisten sprangen wie von einer Tarantel gestochen auf und rannten zum Steinbruch, aus dem die Stimme wie ein Echo ertönte.

„Hilfe, Hilfe! Helft mir", schrie Anja mit schriller Stimme aber sie konnten nicht erkennen, an welcher Stelle Anja abgestürzt war und wo sie sich befand.

Mehmet warf sich auf den Boden.

„Haltet mich an den Beinen fest!", rief er.

Jeweils zwei Jungen packten ihn an den Füßen.

Mehmet robbte nach vorne.

Die vier schoben ihn wie eine Schubkarre zum Abgrund.

Erst als Mehmet bis zum Brustbereich über dem Abgrund hing, entdeckte er Anja.

Sie hing mit beiden Beinen kopfüber in einem Strauch, etwa zwei Meter unterhalb der Abbruchkante im Steinbruch. Starke Zweige hatten ihren Sturz aufgefangen.

Sie versuchte nun verzweifelt, sich an dem Strauch nach oben zu hangeln.

Der Mond warf wie ein riesiger Scheinwerfer seine Strahlen auf die Tonerde und ließ den Steinbruch in rötlichem Licht schimmern.

„Halt dich fest. Ich komme runter!“, schrie Mehmet.

Dann drehte er seinen Körper leicht nach oben und rief: „Bringt mir meine Ausrüstung!“

Als Kai, der mit Andy gemeinsam den rechten Fuß von Mehmet festhielt, loslaufen wollte, schrie Mehmet: „Keiner von euch, ihr zugedröhnten Arschlöcher!“

Mit vereinten Kräften konnten sie Anja aus dem Steinbruch bergen. Sie hatte offensichtlich keine ernsthaften körperlichen Verletzungen, war aber nicht ansprechbar.

Anja schrie unverständliches Zeug wie ein wütendes kleines Kind. Aber weder gutes Zureden, kaltes Wasser noch Schläge ins Gesicht brachten ihre schrillen Schreie zum verstummen.

Zum Glück war die Hütte so weit vom nächsten Haus entfernt, dass man die Schreie nur im Wald hören konnte.

Als Anja sich nicht beruhigte, nahm Conny wortlos ein dünnes Seil, packte Anja am Arm und fesselte sie an einen Baum.

„Geil echt, wie ’ne Squaw am Marterpfahl“, stammelte einer aus Connys Klasse gedankenverloren vor sich hin. Er war so zugedröhnt, dass ihn die strafenden Blicke der anderen nicht erreichten. Diese Situation fand keiner lustig. Zumindest keiner von denen, die noch nicht so breit waren wie einige Kiffer am Lagerfeuer.

Aber niemand wagte es, Conny zu widersprechen.

Als Anja weiterschrie, steckte Conny ihr einen Knebel zwischen die Zähne. Die meisten waren froh, dass die schrillen Töne verstummten.

Nur Melanie, die nicht die geringste Lust auf einen zweiten Joint verspürte, setzte sich neben Anja an den Baum und versuchte, mit ihr zu reden. Sie streichelte immer wieder über Anjas Haare.

Als Anja nach Luft rang, löste Melanie den Knebel.

Anja blickte Melanie mit großen Augen an.

„Kleines, wie geht es dir, was ist passiert?“, fragte Melanie.

Anja blickte ihre Freundin nur stumm an.

Und irgendwann schlief Melanie ein.

***

„Mella“, flüsterte Anja.

Melanie blickte auf die Uhr.

Halb fünf.

Melanie löste das Seil, nahm Anja in die Arme und erzählte, was in den letzten Stunden geschehen war.

„Warum wolltest du dich umbringen?“, fragte Melanie.

„Ich wollte mich nicht umbringen, nur weg, einfach weg“, stammelte Anja.

„Wieso bist du zum Steinbruch gegangen?“

„Weiß nicht, vielleicht bin ich ausgerutscht oder ich dachte, ich könnte …“ Anja stockte mitten im Satz.

„… fliegen?“, fragte Melanie.

„Ja, vielleicht. Die Geräusche wurden immer unerträglicher – wie ein Presslufthammerschlag direkt neben mir. Ich wollte meine Ruhe haben. Dann habe ich ein Licht gesehen, einen Leuchtturm, der mir den Weg zeigte.“

Anja zitterte am ganzen Körper und klapperte mit den Zähnen.

Melanie legte ihrer Freundin einen Schlafsack um die Schulter.

„Wie geht es dir jetzt?“

„Mir ist eisig kalt. Aber vorhin, das war noch viel übler. Ich dachte, meine Zähne würden aus dem Mund fallen. Ich war ein lebendes Skelett und meine Knochen klapperten.“ Anja schauderte.

„Hast du denn deine eigenen Schreie nicht gehört?“

„Nein! Ich habe geschrien?!“, fragte Anja verwundert.

„Aber hallo! Und frag nicht, wie. Conny hat dir einen Knebel zwischen die Zähne gesteckt“, versuchte Melanie nun, Anjas Gedächtnislücken wieder zu füllen.

„Was hat der?“

„Ja, er hat dich echt geknebelt.“

„Nicht zu fassen“, Anja schüttelte ungläubig den Kopf. „Mit meinen Augen war plötzlich irgendetwas nicht okay. Manchmal konnte ich rundherum alles sehen, ohne meinen Kopf zu drehen. Dann wieder hatte ich das Gefühl, wie ein Pferd mit Scheuklappen durch den Wald zu rennen.“

„Warum bist du denn weggelaufen?“, wiederholte Melanie ihre Frage.

„Ich weiß es wirklich nicht. Ich hatte das Gefühl, dass sich die Bäume im Takt der Musik bewegen und mit mir tanzen. Meine Zähne klapperten im Rhythmus der Musik. Das war ganz anders als beim Kiffen. Waren das LSD-Pillen?“

„Ich weiß nicht, Anja …“

„Conny hat mir doch versprochen …“

„Conny weiß doch selbst nicht, was ihm der Dealer verkauft hat.“ Melanie blickte wütend zu Conny hinüber, der am Lagerfeuer saß und schweigend ins lodernde Feuer starrte.

„Was hat dieser Scheiß-Typ dir für einen Mist angedreht?“, schrie Melanie.

Doch Conny war völlig zugekifft und reagierte nicht. Und alle anderen schliefen ohnehin längst tief und fest.

Anja legte wieder ihren Kopf auf Melanies Schulter. „Melanie, ich weiß absolut nichts mehr. Ich glaube, ich bin weggegangen, um euch zu suchen. Und als ich niemanden gefunden habe, bin ich in Panik geraten. Es war schrecklich."

Anja schmiegte sich noch enger an Melanie und fühlte sich trotz dieses schrecklichen Erlebnisses so geborgen wie schon lange nicht mehr.

Wann hatte Vater sie das letzte Mal in den Arm genommen?

Mit ihr so richtig herzhaft gelacht?

Anja konnte sich nicht erinnern.

***

Sonntagnachmittag holten die Eltern ihre Kinder am Schlagbaum ab und die Welt schien in Ordnung. Keiner sprach über den Vorfall in der Nacht. So kehrten alle wieder wohlbehalten nach Hause zurück.

Nur Anja wollte mit ihren Eltern nicht mehr unter einem Dach leben. Sie hielt das einfach nicht mehr aus. Vor allem, seit sie wusste, dass ihr Vater ihr hinterherspionierte und sie ohne mit der Wimper zu zucken angezeigt hatte.

Sie ließ sich von Conny zum Schlosspark fahren. In zwei Wochen würden die Sommerferien beginnen, aber sie würde weder heute nach Hause noch morgen in die Schule gehen.

***

Einige Tage später fuhr Conny am Rhein entlang nach Bonn und hielt kurz vor dem Schloss an, das der Showmaster Thomas Gottschalk gekauft haben sollte. Conny grinste in sich hinein. Wetten, dass er irgendwann auch so viel Geld verdienen würde und sich ein richtig geiles Anwesen kaufen könnte? Es musste ja nicht gleich eine Burg am Rhein sein.

In Bonn erzählte Conny seinem Pillenlieferanten Frank von Anjas Halluzinationen und von ihrer Panikattacke.

„Okay", sagte der und rieb sich bedächtig das Kinn. „Bei den Gelben scheint ja ganz schön die Post abzugehen. Da müssen wir uns was einfallen lassen“, und damit schien die Sache für ihn erledigt.

„Und was?“, fragte Conny.

„Nun ja, in Bonn und Richtung Eifel sind die Pillen bei Älteren beliebt. Sie wirken halt bei jedem anders. Vielleicht hat es auch etwas mit dem Alter und der Einstellung zu tun. Deshalb solltest du die Reaktion ja auch bei Jüngeren testen. Und als Testverkäufer hast du ja auch einen netten Nebenverdienst. Vergiss das nicht!“

„Wirst du die Pillen denn jetzt vom Markt nehmen?“

„Bist du bescheuert? Ich werde die Pille mit Bruchrille produzieren. Du wirst empfehlen, zunächst nur eine halbe zu nehmen. Wenn das nicht genügt, kann man die andere Hälfte immer noch einwerfen.“

„Ist das trotzdem nicht zu gefährlich?“, entgegnete Conny und dachte an das Mädchen, das vor zwei Wochen nach der Einnahme von zwei Ecstasypillen mit dem Elefantensymbol gestorben war. Die Polizei hatte gemeinsam mit der Drogenberatungsstelle und dem Jugendamt alle Diskotheken und Jugendtreffs aufgesucht und vor dem Konsum der „Elefanten“ gewarnt. In der Zeitung hatte er dann gelesen, dass der Tod nach Einnahme von zwei Pillen zwangsläufig eintreten musste. Letale Dosis, hatten es die Ärzte genannt. Also tödlich. Das Mädchen hatte zwei Pillen eingeworfen, weil es nach der ersten nichts gespürt hatte. Und dies wurde ihr zum Verhängnis. Könnte das mit den Gelben nicht auch passieren?

„Das Leben ist nun einmal eines der gefährlichsten! Alter, was soll’s?“, unterbrach Frank Connys Gedanken.

„Sehr lustig. Wenn die ahnen würden, dass ich sie gelinkt habe, könnte ich meinen Laden zumachen.“

„Was macht man nicht alles für die Kohle. Dein Cabrio braucht Sprit und du willst dir doch irgendwann im Lehmtal eine Mühle kaufen. Bleib mal locker!“

Conny nickte.

Kohle machen!

Das war ein gutes Argument.

Es gibt in der Szene keine echten Freundschaften, dachte Conny, nur Notgemeinschaften für Deals, Straftaten und Einkaufsfahrten.

8.

Die Sommerferien waren wie im Flug vergangen und der Schulalltag hatte die „neuen Zehner“ wieder voll im Griff.

Nur eine fehlte.

Anja.

Sie war seit der Grillparty spurlos verschwunden.

Ihre Eltern hatten die Tochter schon vor den Sommerferien als vermisst gemeldet.

Die polizeilichen Suchaktionen auf der Schmidtenhöhe und im Stadtwald wurden ergebnislos abgebrochen. Und auch keine der gestrandeten weiblichen Wasserleichen aus Rhein und Mosel konnte als Anja identifiziert werden.

Alle Freunde waren von der Polizei befragt worden.

Aber niemand wusste, wohin Anja abgehauen war.

Auch die Frage nach dem *Warum* wurde nicht beantwortet, denn keiner hatte den Vorfall an der Grillhütte erwähnt. Alle hatten geschwiegen – aus Angst, selber Probleme zu bekommen. Aber sie hatten auch ein schlechtes Gewissen und noch vor den Sommerferien überall in der Stadt Plakate aufgehängt und Handzettel mit Anjas Foto verteilt.

Darunter stand in großer Schrift,

ANJA!
KOMM ZURÜCK.
WIR WOLLEN DIR HELFEN.
MELANIE UND DEINE FREUNDE

Aber Anja war nicht aufgetaucht, weder tot noch lebendig.

Obwohl sie wild plakatiert hatten, drückte das ansonsten strenge Ordnungsamt ein Auge zu.

Die Kosten für den Druck der Handzettel und Plakate hatte Andys Vater, Inhaber der Firma *copy plus* übernommen.

In der Schule hatte Marco inzwischen kapituliert:
Seine Noten wurden immer schlechter.
Die letzte Mathearbeit war schon wieder eine Fünf gewesen.
Er hatte keinen Bock mehr, sich anzuhören, dass seine Versetzung gefährdet sei und wollte sich im Schlosspark was zum Rauchen besorgen.
Auf dem Weg vom Gymnasium in Richtung Schloss dröhnte die Stimme seines Vaters wie ein Echo in seinen Ohren. Er konnte den vorwurfsvollen Worten nicht entkommen, denn die Stimme schrie von innen:
„Wie läufst du denn rum?“
„Mach endlich deine Hausaufgaben!“
„Wieso klappt das bei den anderen und bei dir nicht?“
„Räum endlich dein Zimmer auf!“
„Mach die Musik leiser!“
„Wie siehst du aus, so nehme ich dich nicht mit!“
„Nimm dir mal ein Beispiel an...!“
„Du immer. Andere nie“, wenn er was schlecht gemacht hatte.
„Andere immer, du nie“, wenn andere was gut gemacht hatten.
„Von dir habe ich sowieso nichts anderes erwartet“, wenn er wieder eine Fünf geschrieben hatte.
Echt ätzend.
Immer nur Forderungen, Vorwürfe, Drohungen und der blöde Spruch: *„Solange du die Füße unter meinen Tisch stellst ...“*
Und dann diese Drohungen: *„Wenn du nicht das machst, dann ...“.*
Dann was?
Selten fand sein Vater etwas gut, interessierte sich nur für seine kleinbürgerliche Welt: das Auto, das Haus, den Schrebergarten am Gülser Moselufer, und vor allem fürchtete er um seinen guten Ruf:

Was sollen denn die Nachbarn denken?

Das alles ging Marco mächtig auf den Geist.

Und dann der blöde Spruch:

Wenn du willst, dass wir dich als Erwachsenen behandeln, dann benimm dich auch so.

Wie benimmt sich denn ein Erwachsener?

Gibt es nicht genügend negative Beispiele?

Man muss nur die Nachrichten verfolgen.

Jeden Tag eine Meldung, dass sich ein Erwachsener vollkommen daneben benommen hat.

Selbst in höchsten Politikerkreisen.

Als Marco von der Rheinbrücke unter der Unterführung in Richtung der Flußwiesen ging, stolperte er fast über die ausgestreckten Beine des Mädchens, das auf der Wiese saß.

Das Mädchen hatte den Kopf weit nach vorne gebeugt. Die langen pechschwarzen Haare verdeckten ihr Gesicht und berührten ihre Oberschenkel. In der rechten Hand hielt sie eine Spritze. Mit zitternden Händen tastete sie den linken Unterarm ab und suchte verzweifelt eine Vene, in die sie die Spritze reinjagen konnte.

Wie ein bunt zusammengewürfelter Haufen lagen mehrere in Schlafsäcken und Decken eingehüllte Körper auf der Wiese.

Manche von ihnen ineinanderverschlungen.

Einige hatten die Schule geschmissen, andere die Arbeitsstelle verloren, falls sie jemals eine solche angetreten hatten.

Selbst mit einem guten Schulabschluss war es heutzutage schwierig, einen Job zu finden.

Und weil es kein städtisches Angebot gab, hatten sie sich zu einer Notgemeinschaft zusammengefunden und die Wiese in der warmen Jahreszeit als Treffpunkt und Übernachtungsort besetzt.

Marco starrte wie gebannt auf diese Szene und erinnerte sich in diesem Moment an den Kinofilm *Lauf um dein Leben* über die Lebensgeschichte des Triathleten Andreas Niedrig, der früher heroinabhängig war und als Extremsportler den Weg aus der Sucht gefunden hatte. Besonders gut hatte ihm der Schauspieler Max Riemelt in der Rolle von Andreas Niedrig gefallen. Und auch Axel Stein hatte gezeigt, dass er mehr knnte, als nur Comedy im Fernsehen.

Aber das hier war weder Fernsehen noch Film.

Das war trauriger Fixeralltag.

Hautnah, im wahrsten Sinne des Wortes.

Das Mädchen stach sich die Spritze in den Unterarm.

Dann hob sie den Kopf und blickte ihn mit gläsernen Augen seltsam lächelnd an.

Nein, sie schaute durch ihn hindurch.

Ihre Augäpfel bewegten sich nicht.

Es sah aus, als würden sie in einer gelatineartigen Masse festkleben.

„Anja?“, fragte Marco verunsichert und mit bebender Stimme.

Das Mädchen lächelte und klopfte mit der rechten Hand auf den Boden.

„Hallo! Komm, setz dich zu mir!“

Marco setzte sich neben sie auf den Rasen.

Er hatte sie mit den schwarzen Haaren fast nicht erkannt und war sich nicht sicher, ob sie wusste, wer neben ihr saß.

„Wo warst du die ganze Zeit?“

„Ich war noch nie so glücklich, echt“, flüsterte Anja, ohne auf seine Frage zu antworten.

Marco wollte wieder aufstehen, aber Anja umklammerte mit beiden Händen seinen Arm.

„Bleib noch ein bisschen! Marco, bitte“, flüsterte sie.

„Anja, was machst du hier?“

Marcos Stimme zitterte.

Kaum hatten die Worte seinen Mund verlassen, dachte er: Blöde Frage.

„Ich weiß, ich habe immer gesagt, ich nehm kein Pulver. Aber wenn du das geile Gefühl einmal erlebt hast, lässt dich das Gift nicht mehr los. Dann bist du nur noch auf der Jagd nach der Droge. Sie bestimmt deinen Alltag. Fixer ist ein Fulltime-Job: Da hast du keine Zeit für andere Sachen. Und erst recht nicht für Schule. Geld besorgen, Drogen kaufen, fixen, Affen schieben, Geld besorgen und so weiter. Und das vierundzwanzig Stunden am Tag. Ja, so ist das! Da konnte ich doch nach den Ferien nicht mehr in die Schule kommen."

„So schnell warst du drauf?"

Anja nickte.

„Wo hast du denn die ganze Zeit gesteckt? Wir haben dich wochenlang in der ganzen Stadt gesucht. Die Polizei hat mit Hunden den Stadtwald durchkämmt."

„Echt?"

„Hast du denn nicht unsere Plakate in der Stadt gesehen?"

„Plakate?"

„Ja! Riesengroß. In der ganzen Stadt! Mit deinem Foto. Komm zurück, haben wir auf die Plakate geschrieben und überall Handzettel verteilt."

„Und das alles wegen mir? Wirklich?"

„Ja klar!"

„Auh geil! Habt ihr die nur in Koblenz verteilt?"

„Ja, wo denn sonst noch?"

Anja lächelte triumphierend.

„Ich war die ganze Zeit in Köln. Bin erst seit vier Tagen wieder in Koblenz!"

Anja lehnte sich zurück, griff nach der Patchworktasche und zog ihr altes Freundebuch mit den Fotos ihrer Klassenkameraden hervor.

Einige aus der Klasse hatten Anja nicht nur ein Foto zum Einkleben gegeben, sondern außer ihren persönlichen Interessen und Wünschen für die Zukunft noch ein paar nette Zeilen geschrieben.

Das Internet hatte inzwischen diese Freundebücher abgelöst und die “ganze Welt“ konnte fast alles über einen selbst erfahren. Auch Dinge, die man lieber für sich behalten hätte.

Das Internet – ein offenes Buch, in dem jeder blättern und „Geheimnisse“ entdecken kann.

Anja drückte Marco das Freundebuch in die Hand.

„Lies mal!“, forderte sie ihn auf.

Marco blätterte in dem Album.

Alle guten Wünsche und netten Zeilen der ehemaligen Mitschüler hatte Anja mit einem schwarzen Stift bis zur Unlesbarkeit durchgestrichen.

In den Freundebüchern wurde im Gegensatz zum Internet niemand beleidigt oder fertiggemacht.

Marco konnte nur noch vereinzelt Worte wie *die besten Wünsche für die Zukunft, Glück, Gesundheit, Liebe, Freundschaft* entziffern.

Einige Blätter waren herausgerissen.

Er suchte vergeblich sein Gedicht mit den damit verbundenen Wünschen für Anjas weiteren Lebensweg und starrte wie gebannt auf einen Text, in dem mit Bierkränzen und Rotweinflecken übersäten Album.

Mein Gesicht ist zersplittert,
ich schaue hinter einer lächelnden Maske
traurig in die Welt,
ich würde mich so gerne abschminken,
so gerne weinen, aber ich kann es nicht.
Ihr findet den Weg nicht in unsere Porzellanwelt,
wir wollen nur glücklich sein,
glücklich sind wir nur, wenn wir träumen,
aber wir haben das Träumen verlernt.
Es gibt Drogen, die uns zum Träumen verhelfen,

wir müssen diese Drogen immer wieder nehmen,
denn wir wollen doch glücklich sein.
Wir können heute nicht mehr ohne Drogen träumen,
wir brauchen sie zum Glücklichsein.
Die Droge träumt für uns, fühlt für uns, zerstört uns,
und wir selbst sind nur noch Hülle,
leer, unsere Gesichter sind zersplittert.

„Hast du das geschrieben, Anja?“

Anja nickte.

Der Kopf fiel auf ihre Brust.

Neben Anja erwachte im gleichen Moment ein junger Mann, setzte sich aufrecht hin und rückte näher an die beiden heran.

Marco nahm den beißenden Geruch sofort wahr und spürte die Übelkeit in sich aufsteigen.

Anja schien das Erbrochene direkt neben ihr nicht zu riechen.

Der Junge hatte mit seinen langen Haaren auf der säuerlich stinkenden Kotze gelegen.

„Ll…s mal, ww…s sch…schrieb hab“, flüsterte er mit schwerer Zunge.

„Man versteht ihn kaum, wenn er Remes eingeworfen hat“, flüsterte Anja, als müsse sie sich für ihn entschuldigen.

„Da, da“, stammelte der Junge und sein Zeigefinger schwankte in Richtung des Albums.

„Seite 25!“, sagt Anja, ohne zu zögern. „Das hat er geschrieben.“ Offensichtlich kannte sie das Buch in- und auswendig.

Marco blätterte mit zitternden Händen weiter.

Ich habe noch den Duft der Erntefeuer in der Nase, wenn ich hier auf dem Gras im Schlosspark liege – fast ist es so wie früher, aber als Kind konnte ich noch etwas anfangen mit dem duftenden Stroh und dem Geruch des Kartoffelfeuers.

Wenn wir heute ein Feuer entzünden, dann, um diesen scheiß Stoff aufzukochen. Früher konnte ich noch etwas anfangen mit dem frischgemähten Gras und dem Geschmack von frischzerkauten Weizenkörnern, die besser als Kaugummi schmeckten, denn wir hatten sie selbst geerntet.
Wie gerne würde ich nochmal schmecken und riechen, aber meine Geschmacks- und Riechnerven sind kaputt wie mein Leben, das ich für dieses beschissene Pulver gegeben habe. Heroin schmeckt bitter, und das Leben ist hart, es ist zu spät – nur noch Erinnerungen bleiben.

„Wir wollen das Oberbürgermeister Göttlich zeigen.“

Marco sah sie erstaunt an und spürte wieder den Brechreiz aufsteigen. Er atmete tief durch und schluckte das aufsteigende Mundwasser hinunter.

„Wieso dem Oberbürgermeister?“, fragte Marco.

„Die Stadt muss uns einen Raum geben, wo wir uns im Winter treffen können. Sonst erfrieren wir.“

Dann sah sie Marco fast flehend an und legte ihre Hände auf seinen Unterarm.

„Verstehst du mich? Wir sind alle in dieser Stadt groß geworden. Man kann uns doch nicht einfach hier verrecken lassen.“

„Und was wollt ihr genau?“, fragte Marco und atmete weiter durch den Mund.

Der Junge hatte sich wieder auf sein Erbrochenes gelegt.

Marco erschrak, als plötzlich direkt neben ihm eine schrille Stimme schrie: „Wir wollen auch in Koblenz Fixerräume, sterile Spritzen, Duschen und ein Übernachtungsangebot wie in Frankfurt.“ Das Mädchen. hatte wohl schon eine Zeit lang das Gespräch verfolgt. „Aber in diesem Provinznest geht das ja allen am Arsch vorbei. Das ganze Geld wird für die BUGA ausgegeben. Und der Bischof in Limburg baut sich für Millionen eine Villa neben dem Dom und gleichzeitig werden die Gelder für die Drogenberatungsstelle gestrichen. Das ist wahre christliche Nächstenliebe, was, Leute?! Und keiner tut was dagegen. Bis mal wieder das Kind eines Politikers in der Gosse landet."

Marco sah das Mädchen irritiert an. Sie sah nicht aus wie eine Fixerin.

Und als habe sie seine Gedanken erraten, sprach sie weiter: „Wir alle haben geglaubt, dass wir es rechtzeitig merken, wenn es eng wird. Dass wir alles im Griff haben. Und jetzt hat die Droge uns im Griff."

Sie sprang auf und riss Marco das zerfledderte Album aus der Hand.

„Was gaffst du uns so an, Klugscheißer?", zischte sie wütend und ein verächtlicher Blick bohrte sich in Marcos Augen.

Und eine Sekunde später lächelte sie ihn an.

„Niemand wollte abhängig werden, Süßer!"

„Bist du auch drauf?", fragte Marco.

Das Mädchen nickte.

„Auch wenn ich nicht so aussehe. Noch nicht. Erstens kommt es schneller und zweitens als man denkt. Vielleicht erkennst du mich in zwei Wochen nicht mehr wieder", flüsterte sie mit einem schwachen Lächeln. „Spätestens, wenn die tierischen Krämpfe deinen Magen zerreißen, wenn eine Gänsehaut nach der andern den Körper überflutet, dann musst du dem Affen Zucker geben."

Das Lächeln war wieder verschwunden, als habe sie einen Schalter umgelegt. Die Gefühle des Mädchens verwandelten sich scheinbar innerhalb von Sekunden. Schweißperlen bildeten sich auf ihrer Stirn.

Sie kratzte sich am ganzen Körper.

„Weißt du, was cold turkey ist?"

Marco schob die Schultern hoch.

Ihm fehlten die Worte.

Das Mädchen kratzte sich jetzt wie verrückt.

„Du hast eine Gänsehaut wie ein Truthahn“, murmelte sie, „und zitterst mitten im Sommer. Überall juckt es dich. Der Schweiß läuft über deinen Körper und du stinkst wie ein Schwein.“

Sie wischte sich mit den überlangen Ärmeln ihres schwarzen Pullovers die Schweißperlen von der Stirn.

Dann legte sie das Buch auf Anjas Knie.

„Lies deinem Freund doch noch was vor. Wer weiß, wie lange du es noch kannst!“

Und erneut zuckte Marco zusammen, als er eine hagere Hand auf seinen Schultern spürte. Hinter ihm stand ein junger Mann und drängte sich zwischen Anja und ihn. Er hatte braune Zähne, viele Zahnlücken und sah vermutlich älter aus, als er war.

„Hey, Anja. Gestern Abend haben die Bullen mein Zimmer durchsucht, nur weil ich ein paar Remes verkauft habe. Die haben mir ein Bild von dir gezeigt und gefragt, ob ich dich kennen würde.“

„Jonny aus dem Jugendwohnheim“, sagte Anja nur und wandte sich wieder an den Mann. „Und was hast du ihnen erzählt?“

„Na, was schon? Dass ich dich nicht kenne. Mehr nicht. Echt, ey. Ich wusste doch nicht, dass du wieder hier bist. Ich dachte, du wärst immer noch in Köln auf der Platte.“

„Scheiße, dann muss ich wieder weg“, schrie Anja, rollte den Schlafsack ein und sprang auf. Sie schwankte. „Hier wird mir der Boden zu heiß. Tschüss Marco, bis irgendwann. Sag bitte keinem, dass du mich gesehen hast.“

Hektisch packte sie einige Sachen und das Album in ihre Tasche, rollte den Schlafsack zusammen, verknotete ihn mit einer Kordel und taumelte Richtung Hauptbahnhof. Dort würde sie ihre neue Freundin treffen. Sie hatten sich auf Anhieb verstanden, weil diese auch Probleme mit ihrem Vater hatte.

9.

Trotz der sommerlich heißen Temperaturen zitterte sie am ganzen Körper.

Das Klappern ihrer Zähne durchbrach die abendliche Stille in dem kleinen Hinterhof.

Überall roch es penetrant nach Katzenpisse und verfaultem Obst.

Schweiß überschwemmte ihren Körper.

Sie presste beide Hände gegen den Magen.

Die Krämpfe waren kaum auszuhalten.

Bereits als sie die ersten winzigen Schweißperlen auf der Stirn und die feuchten Hände gespürt hatte, wäre es höchste Zeit für den nächsten Schuss gewesen.

Noch hatte sie Stoff, aber morgen müsste sie wieder betteln oder eine alte Oma mit einer Handtasche finden, am besten eine ältere Dame, die soeben ihre monatliche Rente bei der Bank abgehoben hatte.

Sie warf einen Blick in den kleinen Topf auf der Gaskartusche mit der Fixe von gestern Abend, öffnete den Reißverschluß ihrer Jeans, holte sich zitternd die beiden letzten Pacs Heroin aus der Unterhose und schüttete ein Pac in den Löffel.

Das Pac ist das Wertvollste, was ein Fixer am Körper trägt.

Man muss den Stoff gut verstecken, damit keiner der anderen Junkies den wertvollen Druck klaut.

Sie wusste das natürlich.

Dennoch fiel das zweite Pac neben ihr auf den grauen Asphalt des Hinterhofs.

Sie konzentrierte sich jetzt auf die Fixerstraßen, jene verräterisch blutunterlaufenen und vereiterten Einstichstellen, die perlschnurartig ihre dünnen Unterarme übersäten.

Dann öffnete sie, immer stärker zitternd, das Heroinbriefchen, streute es auf den Löffel und vermischte das Pulver mit der Mischung aus Ascorbinsäure und Wasser aus dem kleinen Fläschchen. Sie hielt den am Griff verbogenen Löffel über den brennenden Kartuschenkocher und die brodelnde Soße löste sich auf. Dann schob sie den linken Ärmel des Pullovers hoch, band sich mit dem Gummiband den Oberarm ab. Als sie an ihrem vernarbten Unterarm keine geeignete Stelle fand, tastete sie ihr rechtes Fußgelenk ab und zog das Heroin in die Spritze. Es war höchste Zeit.

Sie musste sich die Spritze setzen und die Entzugserscheinungen wegdrücken, vor denen sich jeder Fixer fürchtet.

Dann zog sie die Spritze wieder aus dem Fuß.

Jetzt erst bemerkte sie die beiden Schuhe vor ihr und schaute erschrocken nach oben.

„Hi Anja! Wo warst du denn?“, fragte sie mit brüchiger Stimme und war froh, dass diese Schuhe nicht einer jungen Polizistin gehörten, die sie mindestens einmal in der Woche nervte.

„Hallo Sabine, war noch mal kurz in Koblenz. Die Bullen suchen mich aber immer noch und da hab ich mich schnell verpisst!“

„Tja, die Bullen. Scheißtypen“, stammelte die Fixerin und dachte an ihren Vater. Sie konnte sich nicht mehr daran erinnern, wann sie ihn zum letzten Mal gesehen hatte.

Anja schwankte innerlich zwischen Mitleid und dem sehnlichen Wunsch, sich auch noch einen Schuss zu setzen.

Aber sie hatte kein Pac mehr.

Und mit den Gedanken steigerte sich erneut die innere Unruhe und Übelkeit.

Ihre Glieder schmerzten und der Schüttelfrost wurde unerträglicher.

Typische Entzugserscheinungen. Immer dann, wenn sie kein Heroin hatte.

Nicht, weil es in Köln Versorgungsprobleme gab.

Nein. Das war kein Problem.

Sondern weil sie kein Geld mehr hatte, um sich den nächsten Schuss zu kaufen.

Jonny hatte ihr eben noch ein paar Remedacen-Tabletten zugesteckt, die er sich mit gefälschten Rezepten in der Apotheke besorgt hatte. Die müsste sie zur Not einwerfen, wenn die Entzugserscheinungen schlimmer würden.

Ihr neue Freundin Sabine musste mehrmals am Tag Heroin drücken und verdiente sich das Geld auf dem Straßenstrich.

Ein eisiger Schauer durchströmte Anja bei dem Gedanken, ihren Körper zu verkaufen und einen schwitzenden, stinkenden, hektisch zuckenden Männerleib auf ihrem Körper zu dulden, während er in sie eindrang.

Angst vor Aids kannte Sabine nicht.

Sie war schon so kaputt, dass es ihr egal war.

Der Tod kann nicht schlimmer sein als dieses Scheißleben, hatte sie mal gesagt.

Das machte Anja Angst.

Sabine sank jetzt immer mehr in sich zusammen. Der Druck zeigte seine Wirkung.

Sabine starrte Anja lächelnd an.

„Hallo Mäuschen. Schön, dass du wieder da bist“.

Dann sah Anja das Pac Heroin, das direkt neben Sabine auf dem Asphalt lag. Anja erkannte ihre Chance, bückte sich, umarmte Sabine mit der linken Hand und küsste sie auf die Wange. Mit der rechten Hand hob sie gleichzeitig das Pac auf und steckte es in ihre Jackentasche.

Sabine legte ihren Kopf auf den Rucksack und schloss die Augen.

Im gleichen Augenblick griff Anja nach Sabines blutbesudelter Spritze, ging ein paar Schritte weiter und bereitete hinter den stinkenden Mülltonnen das Pac vor. Wie spät war es eigentlich?

Sie wusste nicht, wie viel Zeit seit dem letzten Schuss vergangen war und setzte sich den zweiten an diesem Tag.

Danach legte sie sich zu Sabine vor die Mülltonnen. Eng umschlungen fühlte sie sich in einer von Watte eingehüllten Welt wie im Bauch der Mutter, bevor sie das Licht einer damals noch heilen Welt erblickte.

Anja ließ in diesem Trancezustand die letzten Wochen vor ihrem inneren Auge Revue pasieren.

Sie hatte sich nach der Grillfete nur einen Tag im Schlosspark aufgehalten und war bereits dienstags nach Köln getrampt. Dort hatte sie Sabine kennengelernt und sich direkt gut mit ihr verstanden – vielleicht, weil Sabine ähnliche Probleme mit ihren Eltern hatte. Komisch, dass sie sich nie begegnet waren, denn Sabine hatte früher auch in Koblenz gewohnt und die gleiche Schule besucht. Aber Sabine war ja einige Jahre älter. Sabines Mutter hatte den Vater verlassen und kurz danach war Sabine auch von zu Hause abgehauen und lebte seitdem auf der Straße. Sabine hatte Anja vorgeschwärmt, wie geil dieses Gefühl bei Heroin sei und dass man sich damit alle Sorgen wegdrücken könnte. Irgendwann wollte Anja auch einmal dieses Gefühl erleben. Den Kick, jene lustbetonte Welle, die den ganzen Körper durchströmt. Aber bereits kurze Zeit später traten die ersten Entzugserscheinungen auf: Gib mir Heroin, forderte der Körper.

Anja dachte auch an Rosa, die vor einigen Wochen die kleine Filiale der Volksbank um die Ecke mit einem Gasrevolver überfallen hatte und jetzt im Knast saß. Die Bullen hatten kurz nach dem Banküberfall den Hinterhof gestürmt. Nach der Personenbeschreibung konnte die Bankräuberin nur eine von den Junkies sein. Und so war es ja auch. Anja hatte immer geglaubt, Frauen seien zu schwach, um einen richtigen Raubüberfall zu begehen. Fixerinnen suchten sich doch eigentlich noch Schwächere aus. Alte und Gebrechliche, denen sie Handtasche entreißen konnten.

10.

Die Sterne funkelten glasklar am wolkenfreien Himmel. Frau Goldhausen stand wie so oft seit jenem Tag am Fenster und hoffte auf ein Wunder.

Als Anja nach der Grillparty im Wald nicht nach Hause gekommen war, hatte sie eine Vermisstenanzeige aufgegeben. Tagelang war sie völlig verzweifelt in der Koblenzer Altstadt, in den abgelegensten Winkeln auf der Schmidtenhöhe und im Stadtwald umhergeirrt, obwohl das Gelände bereits von der Polizei durchsucht worden war.

Und irgendwann hatte Anja vor der Tür gestanden. Sie war aber nur kurz geblieben: duschen, Wäsche wechseln, satt essen, ausschlafen und Geld schnorren.

Frau Goldhausen hatte solche Angst gehabt, Anja würde wieder abhauen, dass sie sich alle bislang unausgesprochenen Fragen verkniffen hatte.

Und trotzdem verschwand Anja.

So überraschend, wie sie gekommen war.

Ohne Tschüss zu sagen.

Frau Goldhausen hatte damals die Vermisstenanzeige wieder zurückgezogen und letzte Woche wieder eine neue erstattet.

Die Suchaktion von Anjas Klassenkameraden hatte viel Aufsehen in der Stadt erregt.

Es war ihrem Mann äußerst peinlich gewesen, das Bild seiner Tochter mit dem Aufruf überall in der Stadt plakatiert zu sehen. Das hatte ihn mehr aufgeregt als alles andere.

Die Ereignisse hatten sich überschlagen:
der Leistungseinbruch in der Schule,
der schockierende entdeckte Brief an Melanie,
die Anzeige bei der Kripo.

Frau Goldhausen schüttelte ratlos den Kopf.

Das Kind war ihr total fremd geworden.

War das noch ihre Tochter, die kleine Anja, an der sie immer so viel Freude gehabt hatte?

Frau Goldhausen stieg die Kellertreppe hinunter und wollte eine Flasche *Pinot noir* öffnen. Vor der Tür blieb sie erschrocken stehen: Das Schloss zum Weinkeller war aufgebrochen! Keine einzige der Flaschen, die sie bei der letzten Tour ins Elsaß beim Winzer gekauft hatten, war im Weinregal.

Anja hatte einen guten Geschmack.

Mit schweren Schritten und einer Flasche *Dornfelder* in der Hand stieg Frau Goldhausen die Kellertreppe hoch. Sie atmete so schwer, als sei sie kurz vor dem Gipfelkreuz eines Dreitausenders angelangt. Erschöpft sank sie in den Wohnzimmersessel. Sie ließ ihre Gedanken in die Vergangenheit flüchten.

Irgendwann war Anja für sie ein fremdes Mädchen geworden. Nicht erst ab dem Tag, an dem sie ihre Körperhygiene grob vernachlässigte und in diesen schwarzen Klamotten herumlief, sich die Haare schwarz färbte und Ringe in Ohren, Nase und in die Augenbrauen schießen ließ.

Die Schnüffelei ihres Mannes und die Anzeige der eigenen Tochter bei der Polizei. Das konnte ja nicht gutgehen. Er hatte weder mit ihr noch mit Anja gesprochen! Ein deutscher Offizier hat immer eine Lösung parat, hatte er herumposaunt und scheinbar gehofft, dass seine Anzeige bei der Polizei alles wieder ins rechte Lot bringen würde. Und sich dabei gewaltig verkalkuliert. Seit jenem Tag wurde alles nur noch schlimmer.

Frau Goldhausen fühlte sich sehr einsam. Fast alle Freunde hatten den Kontakt abgebrochen, als habe sie eine ansteckende Krankheit.

Die einzige Person, die ihr zugehört hatte, war damals der Polizist auf der Kriminalwache, der die Vermisstenanzeige aufgenommen hatte. Der Beamte konnte sich in ihre Situation hineinversetzen.

Wie war noch sein Name?
Schneider, ja, Schneider hieß er.
Sie leerte die Flasche Rotwein und schlief auf dem Wohnzimmersessel ein.

***

Sie zittert am ganzen Körper.
Ihre Augen starren auf die weiße Plane.
Zwei Rettungssanitäter wickeln das tote Mädchen ein, um die Leiche vor den neugierigen Blicken der unzähligen Gaffer zu verbergen.
Sie hatte sich so auf den Tag im Freibad Oberwerth gefreut.
Die letzten Minuten laufen wie ein Horrorfilm vor ihrem geistigen Auge ab:
Die Sonne strahlt von einem wolkenlosen Himmel. Das Mädchen paddelt vom Nichtschwimmerbecken in den tiefen Bereich.
Plötzlich entweicht die Luft aus den Schwimmärmchen. Das Kind kann sich nicht mehr über Wasser halten.
Sie streckt die Hände nach dem Mädchen aus.
Die Hände fühlen sich wie ein nasser Fisch an, entgleiten ihr.
Der kleine Körper sinkt in Zeitlupe auf den Boden des Schwimmerbeckens.
Als sie mit letzter Kraft die dünnen Arme des Mädchens mit beiden Händen fest umklammert, hat sie das Gefühl, als habe sich das Mädchen selbst aus dem Haltegriff befreit, so als wolle es nicht von ihr gerettet werden.
Völlig verzweifelt muss sie mit ansehen, wie der Körper langsam versinkt und regungslos auf dem Boden des Schwimmbeckens liegen bleibt.
Sie steht wie versteinert in dem Nichtschwimmerbecken. Lautlos schreit sie um Hilfe.

Die Bilder verblassen und plötzlich steht sie in einem riesigen Glastunnel.

Über ihr schwimmt ein Mädchen zwischen den Fischen.

Ein Hai reißt dem Mädchen einen Arm ab.

Das Blut vermischt sich mit dem Wasser.

„Die Hand, die nach der Mutter schlägt, die wird im Himmel abgesägt", hatte ihre Mutter immer gedroht, wenn sie als kleines Kind verzweifelt nach ihr geschlagen hatte.

Die Geschichte wiederholt sich.

Mit einem Unterschied: sie selbst hat ihrer Tochter gegenüber diese Drohung niemals ausgesprochen. Endlich ertönen die Sirenen.

Jemand muss das Kind doch vor dem Ertrinken retten ...

Ein schriller Klingelton riss sie aus dem Alptraum.

Das Herz klopfte ihr bis zum Hals, als Frau Goldhausen erwachte.

Sie blickte irritiert um sich.

Die ersten dünnen Sonnenstrahlen bahnten sich ihren Weg zwischen den Spitzen der Tannenhecke hindurch auf das Grundstück. Ihr Blick schweifte in den weiträumigen Garten mit dem alten Baumbestand und wanderte zurück zu der leeren Rotweinflasche auf dem Teppichboden. Davor breitete sich ein dunkler Fleck aus.

Wer klingelte denn so früh am Morgen?

Da musste was Schlimmes passiert sein.

Wer könnte das sein?

Sie griff nach der Rotweinflasche, warf diese in der Küche in den Abfalleimer und rannte weiter zur Haustür. Mit jedem Schritt erhöhte sich der Pulsschlag in ihren Ohren.

Und als sie die Tür öffnete, hätte sie vor Freude jubeln können.

„Mein Kind", lächelte Frau Goldhausen und wollte ihre Tochter umarmen.

Aber Anja machte eine abwehrende Handbewegung, schob ihre Mutter zur Seite und betrat das Haus.

Anjas Wangen wirkten eingefallen. Das leichenblasse Gesicht wirkte – eingerahmt von den pechschwarzen Haaren – wie eine Totenmaske.

Anja lief die Treppe hoch und schlug die Tür ihres Zimmers zu.

Frau Goldhausen hatte nicht bemerkt, dass hinter Anja ein kleiner Hund mit in die Wohnung getrottet war. Nachdem sie sich von dem ersten Schreck in der Morgenstunde erholt hatte, ging sie die Treppen hinauf und klopfte leise an Anjas Zimmertür.

„Ja-a!“, rief Anja.

„Darf ich reinkommen?“

„Wenn es denn sein muss!“

Frau Goldhausen drückte zaghaft die Klinke nach unten und öffnete langsam die Tür.

Ein kleiner Hund lag neben Anja im Bett lag und leckte das Gesicht ihrer Tochter ab.

„Den hat mir Fred zu meinem Geburtstag geschenkt“, sagte Anja, und bevor ihre Mutter eine Frage stellen konnte, schrie sie: „Ich behalte den Hund!“

„Wer ist Fred?“

„Mein neuer Freund. Willst ihn sicher nicht kennenlernen“, antwortete Anja schnippisch.

„Wo hat der denn den Hund her?“, fragte Frau Goldhausen misstrauisch.

„Den hat er gekauft. Was denn sonst? Und ich werde ihn behalten“, entgegnete Anja in einer Art, die keinen Widerspruch duldete.

Sie wusste nur zu gut, wie froh die Mutter war, dass die Tochter wieder den Weg nach Hause gefunden hatte. Wenn auch nur kurz.

„Wie heißt er denn?“

„Der Er ist eine Sie und heißt Citta."

Der Hund sieht für einen Straßenköter gepflegt aus, dachte Frau Goldhausen und wollte sich nicht mit ihrer Tochter streiten. Sie war glücklich, dass Anja wieder zu Hause war, egal wie lange, oder besser gesagt wie kurz sie bleiben würde.

„Geh mal warm duschen, Kind. Ich mache uns in der Zwischenzeit ein leckeres Frühstück. Du hast doch bestimmt Hunger", sagte Frau Goldhausen mit brüchiger Stimme und spürte den schalen Geschmack des Rotweins in ihrem Mund. An den aufgebrochenen Keller dachte sie in diesem Moment nicht.

Nach dem Duschen setzte sich Anja an den Frühstückstisch und demonstrierte, wie der Hund die Kommandos „Sitz!" und „Platz!" auf Anhieb befolgte.

„Toll hast du ihm das beigebracht!"

Anja nickte und verschlang heißhungrig mehrere der aufgebackenen Brötchen und eine ganze Schokolade aus dem Kühlschrank. Zwischendurch warf sie dem Hund immer wieder Brötchenteig oder Wurstschnitten zu, die das Tier gierig verschlang.

Der Hund schluckte alles so schnell hinunter, als sei er in den letzten Tagen nicht gefüttert worden.

Wo steckt der kleine Kerl das alles hin?, dachte Frau Goldhausen und bekam selbst keinen einzigen Bissen herunter.

Mutter und Tochter saßen sich schweigend gegenüber. Anja wollte nicht reden und ihre Mutter hatte Angst, die Tochter würde vom Tisch aufspringen und weglaufen, wenn sie etwas Falsches sagte.

Die beiden lächelten nur stumm, wenn der kleine Hund sich auf die Hinterbeine stellte und um Essbares bettelte. Es schien fast so, als sei der Hund die einzige Verbindung zwischen Mutter und Tochter.

Früher durfte Anja noch nicht mal ein Meerschweinchen oder einen Hamster als Haustiere halten. Jetzt war es plötzlich vollkommen unwichtig, ob Tierhaare oder Essensreste, die der Hund verschmäht hatte, auf dem Boden lagen.

„Wie soll es weitergehen?“, brach Frau Goldhausen endlich das eisige Schweigen.

„Ich geh hoch“, erwiderte Anja nur und stand auf.

Frau Goldhausen blieb mit ihrer Frage allein und legte sich wieder auf die Couch.

11.

Tom Schneider steuerte den Dienstwagen durch die engen Kurven einer schmalen Landstraße der Eifel. Er hatte vor einer geplanten Durchsuchungsaktion noch einige Hausobjekte abgeklärt.

Plötzlich rauschte der Lautsprecher des Funkgerätes und kurz danach durchbrach die krächzende Stimme des Kollegen von der Einsatzleitstelle RHEIN beim Polizeipräsidium Koblenz die Stille.

„RHEIN 10/11 für RHEIN kommen!"

„RHEIN 10/11 hört!"

„10/11, fahren Sie dringend Kaufheimer Str. 170 zu Goldhausen. Suizidversuch der drogenabhängigen Tochter. DRK und Notarzt verständigt."

„10/11 hat verstanden!", antwortete eine weibliche Stimme am Funkgerät. Dann hörte man durch den Lautsprecher noch kurz die Martinshörner aufheulen.

Tom öffnete das Fenster, setzte das Blaulicht mit der Magnethalterung auf das Dach, schaltete das Martinshorn ein und raste mit überhöhter Geschwindigkeit über die kurvenreiche Landstraße. Es waren nur noch wenige Kilometer bis Koblenz.

In der Stadt bahnte sich Kriminalhauptkommissar Tom Schneider mit den schrillen Sirenen seinen Weg durch den Berufsverkehr.

Polizisten dürfen mit Sondersignalen zwar Verkehrsregeln missachten, müssen aber dennoch vorsichtig fahren. Bei zivilen Dienstwagen, die andere Verkehrsteilnehmer nicht auf Anhieb als Polizeifahrzeuge erkennen können, ist erfahrungsgemäß besondere Vorsicht geboten. Ein Zivilfahrzeug mit Blaulicht und Martinshorn wird meist erst spät erkannt. Und oft legen erschreckte Autofahrer eine Vollbremsung hin, statt an den rechten Fahrbahnrand zu fahren, um eine freie Gasse zu bilden.

Die schrillen Töne der Martinshörner hallten zwischen den Häuserschluchten wie ein Echo.

Vor dem Haus parkte ein Funkstreifenwagen.

Der Notarztwagen war ihm bereits entgegengekommen. Tom klingelte und Polizeikommissarin Claudia Schlüter öffnete die Haustür. Sie war blass im Gesicht.

„Hallo Tom. Das ging aber schnell. Wir haben euch doch gar nicht angefordert."

„Ich war zufällig in der Nähe. Was ist passiert?"

„Anja hat sich die Pulsadern aufgeschnitten. Die Mutter ist mit dem NAW ins Krankenhaus gefahren und hat uns um eine Durchsuchung von Anjas Zimmer gebeten, damit sie was in der Hand hat."

„Wozu? Was will sie in der Hand haben?", fragte Tom.

Claudia Schlüter zog die Schultern hoch.

„Woher soll ich das wissen? Das Zimmer ist aufgeräumt und sauber. Da dürften wir nichts finden."

Tom nickte nur.

Claudia Schlüter atmete tief durch.

„Ich kenne Anja!", flüsterte die junge Kommissarin, die sich ehrenamtlich als Jugendgruppenleiterin bei den Pfadfindern engagierte. Anja war als Kind in ihrer Wölflingsmeute gewesen.

„Ich weiß!", erwiderte Tom.

„Frau Goldhausen hatte in der letzten Zeit ständig Angst um Anja. Ob es wirklich eine sich selbst erfüllende Prophezeihung gibt, wenn man das Schlimmste befürchtet?", fragte die junge Polizeikommissarin.

„Kann sein", flüsterte Tom und spürte wieder die Schweißperlen in seinen Handinnenflächen. Es gab eine Zeit, da hatte ich auch große Angst um meine Tochter, habe immer noch

Angst, die ich mit niemandem teilen kann und hoffe, dass meine schlimmsten Befürchtungen niemals wahr werden, würde er gerne sagen.

Aber die Worte fanden nicht den Weg über seine Lippen.

Die Stimme der Familientherapeutin ertönte in seinen Ohren, als würde sie in diesem Moment direkt neben ihm stehen: „Kinder brauchen unsere Liebe dann am meisten, wenn sie es scheinbar am wenigsten verdient haben: Zuwendung und unsere Zeit."

Zeit? Wo sollte er die denn hernehmen?

Er hatte nie Zeit.

Im Rauschgift-Kommissariat war immer die Hölle los.

Die Drogenhölle.

„Tom, was ist los?"

Die Frage der jungen Kommissarin riss ihn aus seinen Gedanken.

„Ja?"

„Ist dir nicht gut?"

„Nur ein bisschen schwindlig. Mein Kreislauf. Ist gleich wieder vorbei!"

„Soll ich einen Arzt rufen?"

„Nein, Quatsch, es geht schon!"

Claudia Schlüter ging zur Tür.

Dann drehte sie sich nochmals um.

„Wirklich nicht?"

„Nei-ein!", antwortete Tom in einem aggressiven Ton.

„Ist ja schon gut!"

Claudia Müller sah ihn irritiert an.

„Ihr könnt fahren. Ich warte hier auf die Mutter."

„Ach übrigens! In der Küche haben wir noch einen Riesenschnauzer eingesperrt. Der macht aber nichts. Will nur spielen", grinste Polizeikommissarin Schlüter.

Sie kannte Toms Angst vor großen Hunden.

„Das sagen sie alle“, erwiderte Tom und hörte erst jetzt das klägliche Winseln des Hundes.

Claudia Schlüter ging zur Küchentür.

„Bist du verrückt?“, schrie Tom und sah vor seinem geistigen Auge schon einen großen Hund auf sich zustürzen, der ihm die Zähne in die Waden rammen und sich festbeißen würde. Und dann rannte dieser kleine Pinscher auf ihn zu, wedelte mit dem Schwanz, sprang an Tom hoch, umklammerte mit den Vorderfüßen seine Oberschenkel und ließ vor Freude ein paar Tropfen auf den Boden fallen.

Claudia Schlüter lächelte und stieg in den Funkstreifenwagen ein.

Tom setzte sich auf die Couch und dachte an den Abend, als er auf der K-Wache die Vermisstenanzeige aufgenommen hatte. Er hatte Frau Goldhausen beruhigt, sie möge den Haschischkonsum ihrer Tochter nicht überbewerten und betont, dass er kein Verständnis dafür habe, wenn ein Vater seine Tochter beim ersten Verdacht bei der Polizei anzeigt. Tom blickte gedankenverloren aus dem Fenster. Als die Scheinwerfer eines Autos seinen Dienstwagen in der Einfahrt anstrahlten, ging er zur Tür, um Frau Goldhausen nicht zu erschrecken.

„Schneider, Kripo Koblenz, ich…“

Sie erkannte ihn sofort.

„Guten Abend, Herr Schneider. Nett von Ihnen, dass Sie selbst gekommen sind. Haben die Kollegen was in Anjas Zimmer gefunden?“

„Nein. Was haben Sie denn erwartet?“

„Ich weiß es nicht. Eigentlich erwarte ich nichts mehr von diesem Leben“.

Ich auch nicht, dachte Schneider und auf ausdrücklichen Wunsch von Frau Goldhausen durchsuchten sie nochmals Anjas Zimmer. Der Hund trottete hinter ihnen her. Während Tom an den üblichen Versteckmöglichkeiten nachschaute, zerfetzte der kleine Hund Anjas Briefkiste.

„Citta, aus!“, rief Frau Goldhausen und entriss dem Hund die Kiste. Dabei fiel ein Blatt Papier aus dem Geheimfach auf den Boden. Frau Goldhausen bückte sich. Der Brief war an ihre Tochter adressiert.

Frau Goldhausen las den Brief mit brüchiger Stimme laut vor.

Liebe Anja,
der Kurier gibt dir 30,- Euro für Heroin. Hol den Stoff bei dem Typ in Köln auf der Platte, wo wir immer gekauft haben und gib das Pac dem Mann, der uns das Zeug in den Knast bringt.
Beeil dich. So schnell wie möglich.
Du weißt, wie beschissen es mir hier ohne H geht.
Rosa

Frau Goldhausen überreichte Tom den Brief mit zitternden Händen. Auf dem Brief war kein Absender vermerkt. Sie suchte vergeblich nach einem Kuvert mit identischer Schrift.

„Bei dem Brief handelt es sich um einen Kassiber“, erklärte Tom. Im gleichen Moment dachte er an den Brief, den er damals in Sabines Wohnung gefunden hatte.

„Ein Kassiber? Was ist das?“, riss Frau Goldhausens Frage Tom aus seinen Gedanken.

„So nennt man Briefe oder Nachrichten, die aus einer Justizvollzugsanstalt herausgeschmuggelt werden.“

„Anja kennt keine Leute im Gefängnis“, entgegnete Frau Goldhausen im Brustton der Überzeugung.

„Scheinbar doch“, murmelte Tom.

„Wieso sollte Anja denn Heroin besorgen, wenn sie es selbst so dringend braucht?“

„Freundschaftsdienst unter Fixerinnen. Ich vermute, dass Anja sich meistens in Köln aufhält, denn ansonsten hätten wir sie hier doch längst angetroffen.“

„Und wieso vertraut diese Rosa ihr?“

Tom zog seine Schultern hoch.

„Hat Ihr Mann eigentlich mal mit Anja geredet?“

„Nein, er hat uns für immer verlassen.“

„Mein Beileid“, stotterte Tom. Hatte Goldhausen sich vor Verzweiflung umgebracht? „Er ist nicht tot. Er ist nur ausgezogen.“

Frau Goldhausen versuchte zu lächeln. Es gelang ihr jedoch nicht, den schmerzlichen Gesichtsausdruck zu verbergen. Dann erzählte sie, was sich in den letzten Wochen ereignet hatte.

„Herr Schneider, was soll ich denn jetzt machen?“

„Ich weiß es nicht“, antwortete Tom leise und hätte laut losschreien können. Stattdessen sagte er: „Frau Goldhausen, ich muss jetzt wirklich gehen. Bemühen Sie sich um einen Therapieplatz.“

Tom verabschiedete sich mit einem langen Händedruck.

Wie sehr hätte er sich damals eine Person gewünscht, mit der er über seine Ängste und Sorgen hätte reden können.

Vielleicht lag es daran, dass er unsichtbare Mauern um sich herum aufbaute und seine Gefühle versteckte?

Er hatte es nie geschafft, seiner Tochter zu gestehen, wie mies er sich fühlte, ihr zu sagen, dass er sie trotz allem liebte und dass alles wieder gut werde. Nichts wurde gut.

Tom stieg in den Dienstwagen und fuhr los.

Noch bevor er das Präsidium erreichte, verschwamm die Fahrbahn auf dem Friedrich-Ebert-Ring vor seinen Augen.

Er fuhr rechts auf den Parkplatz der Firma *Waffen-Münzel* und schaltete den Motor aus,

Seine Hände zitterten und er dachte an den Tag, als seine Frau ihm wortlos diesen Zettel in die Hand gedrückt hatte.

Ein zerknüllter Zettel mit einem Namen und einer Adresse.

Dort würde sich Sabine aufhalten, hatte seine Frau ihm nur gesagt.

Wie in Trance war er damals in die Schützenstraße in der Nähe des Koblenzer Hauptbahnhofs gefahren.

Die Haustür – oder vielmehr das, was davon übrig geblieben war – lag im Flur auf dem Boden.

Über eine schmale Treppe war er bis zum Dachgeschoss gerannt, zwei Stufen hatte er mit einem Schritt übersprungen.

Die Tür zu der kleinen Wohnung unter dem Dach war offen, sodass er den Raum betreten konnte.

Unter den beiden Dachschrägen stand in der Mitte ein Doppelbett und links in der schmalen Nische war eine kleine Einbauküche.

In der Spüle stapelte sich das schmutzige Geschirr der letzten Wochen.

Der Boden war mit schmutzigen Kleidungsstücken übersät.

Es roch, als würde die Notdurft in diesem Raum verrichtet.

Das einzige WC war im Treppenhaus im zweiten Stock. Auf dem schmutzigen, blutbefleckten Bettlaken hatte er eine frisch benutzte Spritze und einen Löffel mit verbogenem Griff gefunden. Der braune Rahmen am Tellerrand und die schwarzen Brandflecken auf der Unterseite vom Aufkochen des Heroingemischs waren ein eindeutiger Beweis.

Direkt neben den Fixerutensilien hatte er den Brief gefunden.

Zerknittert. Scheinbar oft gelesen. Unzählige Flecken. Er hatte die Handschrift seiner Frau sofort erkannt:

Liebe Sabine,
Deine Stimme klang sehr traurig, aber ich bin froh, dass Du angerufen hast. Wie lange habe ich auf ein Zeichen von Dir gewartet und dann hat es mir fast die Sprache verschlagen. Wie vieles wollte ich dir noch sagen und erst hinterher fiel mir alles ein.
Du weißt, ich stehe trotz allem, was geschehen ist, zu Dir und ich möchte Dir so gerne helfen. Ich möchte, dass Du ein

zufriedenes Leben haben kannst. Ich habe Dich sehr lieb. In dem Paket sind nicht alle Sachen, die Du Dir wünschst. Ich habe alles Deiner Freundin mitgegeben, da Du mir ja nicht verraten hast, wo und bei wem Du nun wohnst. Wie tief muss Dein Misstrauen sitzen, wenn Du Deiner Freundin verboten hast, ihren Namen zu nennen, vor Angst, wir könnten dann Deinen Aufenthaltsort herausbekommen. Schade.
Ich habe nichts verraten und bin sehr traurig. In Gedanken bin ich jede Minute bei Dir, möchte Dich an mich drücken und Dich fühlen. Ich weiß nicht, ob Du das so nachempfinden kannst; ich vermisse Dich unsagbar. Du fehlst mir so sehr und ich wünsche mir nichts sehnlicher, als Dich wieder in meinen Armen zu halten.
Ich liebe Dich ganz doll, egal, was passiert.
Deine Mama

Kein einziges Wort von ihm. So, als hätte es ihn nie gegeben. Als habe er in dieser Beziehung lediglich die Rolle des Erzeugers, aber niemals Verantwortung übernommen. Als sei er ein anonymer Samenspender, der eine ihm unbekannte Frau künstlich befruchtet hatte. Nur ein einziger versteckter Hinweis auf seine Existenz als Vater.

Ich habe nichts verraten.

Nicht als Vater war er für seine Tochter und Frau von Bedeutung, sondern als Polizist. Als ein Beamter, der durch die Personalienüberprüfung der Freundin deren Wohnanschrift und somit auch Sabines aktuellen Aufenthaltsort hätte ermitteln können.

Dann hatte er den silbernen Bilderrahmen zwischen Spritzbesteck und Brief umgedreht. Darunter lag ein Foto, das mehrfach zerrissen und wieder mit Tesaband zusammengeklebt worden war. Vater, Mutter, Tochter in glücklichen Tagen.

Das Familienfoto wirkte wie ein Dolchstoß mitten in sein Herz.

Er hatte sich in das schmutzige Bettlaken eingerollt und geweint.

Fast eine halbe Stunde lang.

Und auch jetzt spürte er die Tränen.

Er wischte sich mit dem Handrücken über das Gesicht und startete den Motor.

Und auf der kurzen Strecke bis zum Präsidium tauchte Sabines Bild vor seinem inneren Auge auf und verschwand immer wieder im Gedankennebel der aufsteigenden Müdigkeit.

Niemand im Kollegenkreis ahnte, wie ausgelaugt er sich manchmal fühlte und dass er am liebsten das Handtuch geschmissen hätte.

Er dachte an Altersteilzeit oder Ausstieg, insbesondere dann, wenn ihn diese Panikattacken überfielen.

Tom blickte auf die Uhr, als er in die Tiefgarage des Polizeipräsidiums fuhr.

Halb eins.

Schon wieder nach Mitternacht.

Mit Anjas Brief war die Erinnerung wieder aufgetaucht. Und mit der Erinnerung diese unerträgliche Angst, Sabine niemals mehr im Leben wiederzusehen.

Weder tot noch lebendig.

Die Situation, sie in einem Leichenschauhaus zu identifizieren, erschien ihm jedoch wahrscheinlicher.

Er fuhr mit dem Fahrstuhl in sein Büro, ließ sich auf die alte Couch fallen und war eingeschlafen, bevor er sich die Schuhe ausziehen konnte.

12.

Tom wachte erst auf, als Ecci bereits in der Tür stand.

„Hast du etwa hier übernachtet?“

Tom nickte.

„Mal wieder versackt?“

„Nein, Ecci, ausnahmsweise nicht!“

„Probleme?“

„Nein, wieso?“

„Du hast Augen wie ein beschissener Taubenschlag. Mach dich mal frisch!“

Tom duschte sich in den Waschräumen der Polizeiinspektion 1 und war pünktlich zur morgendlichen Kaffeerunde wieder im Besprechungsraum des Rauschgiftkommissariats. Jeden Morgen tauschten die Drogenfahnder sich über die Ereignisse der letzten vierundzwanzig Stunden aus.

„Gestern Mittag wurde ein zwölfjähriger Junge im bewusstlosen Zustand in das Krankenhaus Kemperhof eingeliefert. Der Junge soll vorher einen Joint geraucht haben. Näheres ist noch nicht bekannt“, berichtete Rainer Schamke, der Neue im Rauschgiftkommissariat.

„Wir sind bislang nicht weitergekommen. Tom, du kennst doch Gott und die Welt in Koblenz. Kannst du nicht mal recherchieren, wer den Stoff verkauft haben könnte?“, bat Rainer Schamke seinen älteren Kollegen um Unterstützung.

„Okay, ich fahr mal auf die Gasse und höre mich um“, murmelte Tom und verließ den Raum.

***

Tom fuhr mit seinem Dienstfahrrad die einschlägig bekannten Treffpunkte ab. Er hatte zu den jungen Menschen der Drogenszene ein für Außenstehende merkwürdiges Verhältnis. Einige begrüßten ihn wie alte Freunde, suchten Kontakt, aber nur dann, wenn sie nichts dabeihatten. „Haste Haschisch in der Tasche, haste immer was zu nasche und Tom hat seine Flasche“, hatte ein Kiffer immer denselben Spruch parat, wenn er Tom traf.

In der Tat hatte sich Toms Bierkonsum in den letzten Jahren gesteigert. Das konnte man an seinem Bauchansatz und den Ringen unter den Augen, insbesondere nach einer mit Ecci durchzechten Nacht deutlich erkennen.

Tom traf in der Passage zum Altengraben Manuela Nuss, eine der älteren Fixerinnen, die sich damals mit Sabine dieses Gift gespritzt hatten.

Ihre Frage nach Sabines Wohlbefinden und Aufenthaltsort trafen ihn wie Stiche ins Herz.

„Ich weiß es nicht!“, antwortete er und fragte nicht mehr, ob sie wüsste, wer dem Jungen den Shit verkauft hatte.

Manu hatte bis vor wenigen Wochen den Kinderwagen durch die Stadt geschoben. Darin lag aber nicht nur ihr einjähriger Sohn, sondern es war ein rollender Tante-Emma-Laden für Drogen. Die Windeln des kleinen Lars wechselte sie nur so häufig, weil diese ihr als Drogendepot dienten. Ansonsten vernachlässigte sie das Kind. Und welcher Polizist wagt es schon, ein schreiendes Kleinkind aus dem Wagen zu heben?

Bei seiner Fahrt die Braugasse hoch in Richtung Münzplatz erinnerte sich Tom an den Tag, als er das erste Mal in Manus Wohnung am Florinsmarkt war. Er hatte schon zahlreiche vermüllte Wohnungen durchsucht, aber der Zustand von Manus kleinem Appartement in dem Backsteinhaus in der Altstadt setzte allem die Krone auf. Vor allem der fürchterliche Uringestank.

In Plastikschalen lagen Katzenstreu und Katzenkot.

Der kleine Lars schlief in einer Plastikwanne, in der auch die Katzen ihre Notdurft verrichteten.

Weder die Katzenkacke noch die Windeln waren entsorgt worden.

Alles lag kreuz und quer auf dem Boden.

Auf dem einzigen Tisch war kein Platz. Tassen und Teller, die seit Monaten nicht mehr gespült wurden, waren aufeinandergestapelt. Anstatt Babynahrung hatte er nur leere Dosen Katzenfutter gefunden.

Auch in der kleinen Einbauküche stapelte sich das schmutzige Geschirr und die Kakerlaken hatten eine wahre Freude an dem klebrigen Tellerturm.

Manu hatte die Tür geöffnet und ernsthaft gesagt: „Ich muss mich entschuldigen, ich habe heute noch nicht aufgeräumt.“.

Es stank schlimmer als in der Wohnung seines letzten Drogentoten, der fast zwei Wochen in einem ungelüfteten Zimmer gelegen hatte.

Tom hatte mit zusammengepreßten Lippen nur durch den Mund geatmet. Der Geruch der Exkremente in Verbindung mit den Ausdünstungen des muffigen Altbaus war unerträglich. Tom hatte den Notarzt verständigt und Manuela wurde inzwischen das Sorgerecht entzogen.

Tom fand keine Fixer auf dem Münzplatz und fuhr am Moselufer entlang Richtung Rhein. Da wegen der Bundesgartenschau die meisten Flächen inzwischen eingezäunt waren, hatten sich die Fixer in einen abgelegenen Bereich in den Rheinanlagen zurückgezogen. Bei der Befragung tauchte nun immer häufiger der Name Conny auf. Dass dieser Name auch in dem Brief von Anja Goldhausen an ihre Freundin Melanie genannt wurde, hatte Tom ganz vergessen. Er konnte zunächst nichts mit dem Begriff con-con anfangen, bis einer der älteren Kiffer ihn fragte: „Kennst du denn nicht Connys Connection?!“ Der Mann dealte vermutlich selbst und wollte, indem er Conny erwähnte, einen Konkurrenten aus dem Verkehr ziehen und dessen Kundschaft übernehmen.

13.

Conny Stein hatte vermutlich Haschisch mit einem hohen THC-Gehalt an Florian verkauft. Es erhärtete sich der Verdacht, dass er Mitschüler und weitere Minderjährige aus Koblenz und Umgebung mit Drogen versorgte.

Die Drogenfahnder hatten nun alle Mosaiksteinchen zusammengefügt. Heute Morgen plante das Team des Rauschgiftkommissariats einen sogenannten Rundumschlag – eine zeitgleiche Durchsuchung mehrerer Objekte.

Die Beschlüsse mussten immer gleichzeitig vollstreckt werden, damit keiner andere warnen und Beweismittel vernichten konnte. Außer den Durchsuchungsbeschlüssen lag auch ein Haftbefehl gegen Conny Stein wegen des gewerbsmäßigen Handels mit illegalen Drogen vor.

Tom löste den Gürtel seiner Hose, fädelte Pistolenholster, Ersatzmagazin, Reizstoffsprühgerät und die Handschellen ein, steckte die Pistole in das Gürtelholster und zog die Lederjacke wieder an. Im Frühbesprechungsraum hatten sich bereits die Durchsuchungsteams versammelt. Der Einsatzleiter händigte die Akten an die Teamleiter aus und erklärte kurz die Lage. Dann gingen alle zu den Dienstfahrzeugen. Pünktlich um sieben würden sie mit der Durchsuchung der Objekte beginnen und den Haftbefehl gegen Conny Stein vollstrecken.

Wenn Rauschgiftfahnder frühmorgens an der Haustür klingeln, fallen Eltern nicht nur aus dem Tiefschlaf, sondern oft auch aus allen Wolken.

Meist ahnten sie vom Drogenkonsum ihrer Kinder nichts. Hilflosigkeit, Ohnmacht, Schuldgefühle, Angst und Wut schlugen oft in strafende Reaktionen um: Verbot des Freundeskreises, Hausarrest, Taschengeldsperrung. Und in allen Reaktionen der Eltern tauchte immer wieder das Spiegelbild seiner eigenen Hilflosigkeit als Vater auf.

„Sie müssen sich an der Haustür geirrt haben!“ Mit diesen Worten wurde nur allzu häufig begrüßt.

„Es kann sich nur um eine Verwechslung handeln!“, hieß es dann, oder: „Mein Kind nimmt keine Drogen! Das hätten wir doch bemerkt!“

Und selbst wenn Eltern in dem Durchsuchungsbeschluss schwarz auf weiß die Verdachtsmomente lasen, konnten sie es immer noch nicht glauben.

Andererseits war das ja vielleicht auch eine ganz natürliche Reaktion: Wer glaubt schon einem Stück Papier, wenn das eigene Gefühl etwas ganz anderes sagt?

Tom und Ecci fuhren über die Mainzer Straße Richtung Halbinsel Oberwerth, einem Koblenzer Stadtteil mit zahlreichen alten Villen, in dem neben vielen Ärzten, Rechtsanwälten, Politikern und Firmenchefs auch der bekannte Sänger Jonny Gleich wohnte.

„Hast du einen Hund bestellt?“, fragte Tom.

„Ja, der wartet schon an der Einmündung zum Martinsberg auf uns“, antwortete Ecci.

Der junge Mann von der Stadtverwaltung saß auf der Rückbank des zivilen Streifenwagens. Er war sichtlich aufgeregt, denn heute würde er zum ersten Mal als neutraler Zeuge an einer polizeilichen Aktion teilnehmen. So was hatte er bis zum heutigen Tage nur in Filmen gesehen.

Das Anwesen der Steins mit weißen Sprossenfenstern und grünen Klappläden auf gelbem Mauerwerk war ein imposantes Gebäude, dessen Größe man erst erkennen konnte, wenn man die breite Einfahrt hochfuhr. Das Haus war von dichter Vegetation umgeben. Familie Stein hatte die Villa von Connys Opa, einem ehemaligen Minister, geerbt. Die meisten Wohngebäude in dieser Gegend waren auf großen Grundstücken, die von hohen Mauern und dichten Hecken eingezäunt waren.

Diensthundeführer Weber wartete bereits vor dem Anwesen mit seinem grauen Kombi, den man nicht als Polizeifahrzeug erkennen konnte. Schneider funkte Weber an: „Behalte deinen Standort bei, falls unser Freund die Fliege macht!“

Weber betätigte zweimal die Sprechtaste.

Er hatte verstanden.

Ecci bog in die Zufahrt zum Anwesen ab, denn das schmiedeeiserne Tor war schon geöffnet. Sie klingelten. Kurze Zeit später erschien Herr Stein an der Tür. Stein und die beiden Beamten kannten sich aus der gemeinsamen Stammkneipe, allerdings nur vom Sehen. Mehr als ein paar Worte hatten sie nie miteinander gewechselt. Schneider fand Stein reichlich arrogant.

Conny war inzwischen nun doch von der Schule verwiesen worden. Herr Stein hatte seinem Sohn ins Gewissen geredet und ihm zunächst einen Job in der Disco eines Bekannten besorgt. Dabei war er sich nicht bewusst, dass er damit den Bock zum Gärtner gemacht hatte. Er war dankbar gewesen, dass Schulleiter Dr. Schmidt nicht die Polizei eingeschaltet hatte und die Sache in beiderseitigem Einverständnis geregelt werden konnte. Und insgeheim hatte er gehofft, dass die Polizei nie sein Haus durchsuchen würde. Aber alles Verheimlichen und Verdrängen hatte nichts geholfen.

Herr Stein trat einen Schritt vor die Tür.

„Gott sei Dank haben Sie keinen Streifenwagen dabei. Dann bekommen wenigstens die Nachbarn nichts mit.“

Er las den Haftbefehl.

Als Tom nach Connys Zimmer fragte, machte Herr Stein mit einem bitteren Lächeln eine einladende Handbewegung.

Sie betraten die Eingangshalle und gingen über die Wendeltreppe aus Marmor in den ersten Stock. Ein lebensgroßer holzgeschnitzter Nachtwächter beleuchtete den Flur, der zu den Schlafzimmern führte. Dahinter war ein Hallenschwimmbad angebaut.

Als Conny schlaftrunken aus dem Zimmer torkelte, stürzte sich Herr Stein – für die Beamten völlig überraschend – auf seinen Sohn und schlug ihm mit der flachen Hand ins Gesicht.

Conny hielt sich schützend die Hände über den Kopf, aber sein Vater prügelte jetzt wie wild auf ihn ein und schrie: „Was hast du uns angetan? Was sollen die Nachbarn denken? Du Drecksack! Morgen kannst du deine Sachen packen.“

Er war völlig außer sich, und nur mit vereinten Kräften konnten Tom und Ecci Herrn Stein davon abhalten, weiterhin auf Conny einzuschlagen.

Alle gingen zurück ins Erdgeschoss.

Ecci bugsierte Conny zu einem der Stühle in der großen Essküche.

Der junge Mann von der Stadtverwaltung stand immer noch verlegen inmitten der großen Eingangshalle.

Tom versuchte, Herrn Stein zu beruhigen, und Ecci bat über das Handfunkgerät Diensthundeführer Weber, ins Haus zu kommen. Zunächst ohne Hund.

„Ich darf gar nicht darüber nachdenken, was passiert, wenn das bekannt wird“, stöhnte Herr Stein mit fast weinerlicher Stimme. Er blickte auf den immer noch verloren in der Eingangshalle stehenden jungen Mann von der Stadtverwaltung.

„Ich bin der Dezernent für Jugend und Soziales“, sagte er, mehr an sich selbst gerichtet.

„Das ist hinreichend bekannt“, sagte Tom unbeeindruckt.

„Was soll dieser ironische Ton?“, fuhr Stein ihn an, nun schon deutlich aggressiver.

„Keine Sorge, Herr Stein, Zeugen der Stadtverwaltung sind ebenfalls zur Verschwiegenheit verpflichtet“, meinte Tom gelassen. „Es wird schon niemand von Ihren Familienangelegenheiten erfahren!“

„Quatsch! Sie wissen doch selbst, wie schnell sich so was in unserer Stadt rumspricht. Koblenz ist und bleibt ein Dorf“, zischte Herr Stein.

Herr Stein wollte nun mehr über die Gründe erfahren, die den Erlass des Haftbefehls rechtfertigten.

„Wir haben Beweise, dass Ihr Sohn mit Drogen handelt. Mehr kann ich Ihnen nicht sagen. Da müssten Sie Ihren Sohn fragen. Er ist volljährig!"

„Volljährig?", zischte Stein und blickte verächtlich auf Conny, der immer noch mit verschränken Armen auf dem Stuhl saß. Für ihn war sein Sohn kein Erwachsener. Nach deutschem Recht ja, aber nicht nach den Regeln des familiären Zusammenlebens.

„Er stellt immer noch seine Füße unter meinen Tisch. Wohnt im Hotel Mama. Dann habe ich wohl das Recht, alles zu erfahren."

Sein Gesicht verfärbte sich vor Wut und sein Tonfall wurde immer aggressiver.

„Warum konnte es denn zum Amoklauf in Erfurt kommen?", schrie er. „Doch nur, weil der Schüler achtzehn war und niemand den Eltern etwas von seinem extrem starken Leistungsabfall erzählte."

„*Sie* sind doch zuständig für das Jugendamt, Herr Stein", erwiderte Tom und unterdrückte jetzt nur noch mit Mühe seine eigene Verärgerung. „Und im Übrigen erwarte ich, dass Sie in einem normalen Ton mit mir reden."

„In meinem Haus schreie ich so lange, wie…"

Im gleichen Moment riss Frau Stein die Küchentür auf.

„Was ist denn hier los?", rief sie erschrocken.

Tom erklärte ihr kurz den Grund des morgendlichen Besuchs und Frau Stein hörte ihm fassungslos zu.

„Wie konnte er uns das antun?", schluchzte sie. „Der hat doch alles gehabt."

Tom füllte das Durchsuchungsformular auf dem Küchentisch aus und Ecci durchsuchte mit dem Diensthundeführer Connys Zimmer. Frau Stein bot dem jungen Mann von der Stadtverwaltung einen Stuhl an.

Bei der Durchsuchung von Connys Zimmer fand Ecci hinter dem Kleiderschrank fünf Pacs einer weißen Substanz, vermutlich Amphetamin, in einem leeren Filmdöschen drei Pillen, vermutlich Ecstasy, und unter der Gardinenstange einen Fünferstreifen LSD-Trips. Die Drogen asservierte er in kleinen Plastiktütchen und legte diese auf den Küchentisch.

Tom notierte die auf den Asservierungstüten eingetragenen Nummern und den Inhalt in dem Formular.

„Shit haben wir nicht gefunden", bemerkte Ecci.

Tom steckte das Beweismaterial in eine größere Tüte.

„Und jetzt zeigst du uns den Bunker", forderte Ecci nun Conny auf. Die Eltern saßen immer noch wie versteinert am Küchentisch.

„Was heißt hier Bunker? Was soll das?", ergriff Herr Stein plötzlich Partei für seinen Sohn und sprang vom Stuhl hoch.

„Wir wissen, dass Ihr Sohn unter den Tannen in der Nähe des Gartenhäuschens ein Depot angelegt hat, in dem er sein Haschisch aufbewahrt. Und ein solches Depot nennen wir Bunker", erklärte Tom ruhig.

„Diese Schweine!", zischte Conny und fragte sich, wer den Bullen sein Versteck verraten hatte.

Die Mutter erhob oberlehrerhaft den Zeigefinger.

„Jetzt ist mir klar, was du immer im Gartenhäuschen gemacht hast, Bürschchen."

„Also Conny, was ist? Zeigst du uns den Bunker oder sollen wir den Garten umpflügen?", fragte Tom.

„Ich sage nichts mehr ohne meinen Anwalt. Es muss niemand zu seiner eigenen Überführung beitragen, wenn ich richtig informiert bin. Und wieso duzen Sie mich eigentlich?"

Tom ignorierte Connys letzte Frage.

„Einen Anwalt anzurufen, ist dein gutes Recht. Aber wir werden so lange suchen, bis wir den Bunker gefunden haben, notfalls lass ich den ganzen Garten mit einem Bagger umgraben."

Tom sah Conny eindringlich an und ließ so keinen Zweifel daran, dass er seine Drohung auch umsetzen werde.

Herr Stein schien jetzt endgültig durchzudrehen.

„Sag jetzt endlich, wo du das Zeug versteckt hast!“, schrie er seinen Sohn an und wollte sich wieder auf ihn stürzen.

Tom trat schnell zwischen die beiden und legte Conny Handschellen an. „Damit du nicht auf dumme Gedanken kommst. Und Sie“, er wandte sich an Herrn Stein, „rühren Ihren Sohn nicht mehr an.“

„Muss das denn sein? Mein Sohn ist doch kein Verbrecher“, warf Frau Stein ein.

Tom ignorierte die Frage und wandte sich an Conny.

„Wir finden den Stoff!“

Dann packte er Conny am Oberarm und führte ihn mit Ecci zielgerichtet in den Garten.

Das Ehepaar Stein, Weber und der junge Mann von der Stadtverwaltung folgten ihnen.

„Hol den Hund! Damit der heute auch ein Erfolgserlebnis hat“, sagte Ecci, nachdem sie auf Anhieb kein Depot entdecken konnten.

Weber grinste.

Zwei Minuten später kam er mit dem Hund zurück, versteckte ein Stöckchen unter den Tannen und befahl anschließend: „Such!“

Der deutsche Schäferhund rannte mit geneigtem Kopf hin und her und apportierte das Stöckchen.

„Stimmt es, dass die Hunde auch von dem Stoff abhängig sind?“, fragte der junge Mann von der Stadtverwaltung.

„Nein, das läuft über den Spieltrieb“, erwiderte Weber.

Bereits kurze Zeit später hatte Gonzo den Bunker gewittert und fing an zu scharren. Während Weber seinen Hund lobte, deckten Tom und Ecci die Grasplatte auf. Sie entnahmen die Plastiktüte und asservierten die Beweisstücke.

Das Ehepaar Stein stand sprachlos daneben.

Conny presste die Lippen zusammen und streckte die Fäuste in den Handschellen nach außen, als wolle er die Kette zerreißen.

Tom dachte in dem Moment an das Muskelpaket Bernie. Er hatte den Bodybuilder in dessen Fitnessstudio an einen Heizungskörper gefesselt und Bernie hatte mit unvorstellbarer Kraft die Ketten der Handschellen auseinandergerissen. Aber Bernies Unterarme waren auch dicker als Connys Oberschenkel.

Als Tom und Ecci mit Conny in das Auto stiegen, weinte Frau Stein. Sie legte den Kopf auf die Schultern ihres Mannes und hob nur kurz die Hand, als das Auto wegfuhr. Dann ließ sie die Hand wieder fallen, denn ihr Sohn blickte nicht zurück.

Herr Stein stand mit herunterhängenden Armen versteinert da wie die Gartenzwerge inmitten seiner deutschen Kleingärtneridylle, die nicht so ganz zu dem herrschaftlichen Anwesen passte.

Dem fehlt nur die rote Mütze und er wäre der Oberzwerg, dachte Tom.

Als das Auto hinter der Kurve verschwunden war, ging Herr Stein mit schnellen Schritten ins Haus zurück.

„Ich muss im Büro Bescheid sagen, dass ich heute später komme", rief er seiner Frau zu, griff in der Küche nach dem Handy und drückte eine Speichertaste.

„Frau Meier, ich hatte heute Nacht wahnsinnige Zahnschmerzen und habe einen Termin bei Dr. Mohrs. Es wird etwas später."

Das „Gute Besserung!" und „Bleiben Sie doch zu Hause, wenn es nicht besser wird. Sie haben heute keine wichtigen Termine" hörte Herr Stein nicht mehr, da er das Gespräch schon beendet hatte.

Als seine Frau die Küche betrat, schrie er sie an: „Das hast du von deiner Großzügigkeit. Du hast ihn immer in Schutz genommen, und er bringt uns in Schwierigkeiten, dieser Drecksack."

„Ich habe schon vor dem Schulverweis so was geahnt", sagte Frau Stein.

„So? Was? Was denn? Und warum hast du dann nie was gesagt?", schrie Herr Stein. „Drück dich endlich mal klar aus!"

„Wieso ich? Du wohnst doch auch in diesem Haus. Wer ist denn hier der Fachmann für Soziales? Aber du hast ja vor lauter Arbeit keine Zeit. Ich wollte dich nicht damit belästigen, weil ich dachte, du hast genug am Hals. Und übrigens hatte ich Angst vor deiner Reaktion."

„Was hast du denn gedacht, wie ich reagieren würde?", regte sich Herr Stein auf.

„Genauso, wie du jetzt reagierst. Und ich habe mich nicht geirrt."

Und weil Connys Vater dem nichts entgegenzusetzen hatte, konzentrierte er sich auf den nächsten Schuldigen. „Quatsch, es hat ihn ja keiner gezwungen, das Zeug zu nehmen", knurrte er. „Mit der Schule, das war ja schon ein Hammer. Aber dass in unserem Hause Drogen gefunden wurden, das ist wirklich ein ziemlich starkes Stück."

„Was sollen wir denn jetzt tun?", fragte sie hilflos und griff sich mit beiden Händen in die Haare.

„Hoffentlich haben die Nachbarn nichts mitbekommen", murmelte Herr Stein, während er hektisch auf und ab schritt. „Der junge Mann von der Stadtverwaltung unterliegt Gott sei Dank der Schweigepflicht. Peinlich wäre es mir schon, wenn das rauskommt."

„Hast du sonst keine Probleme?"

Seine Frau sah ihn ungläubig an.

„Dein Sohn muss vielleicht ins Gefängnis und du machst dir Gedanken, was die Nachbarn und Kollegen denken. Das ist mir scheißegal, jetzt sieh zu, dass du deine Beziehungen bei der Polizei und der Staatsanwaltschaft spielen lässt."

„Ja, bin ich denn bekloppt?!“, schrie er. „Meinst du, ich krümme für diesen Arsch noch einen Finger?! Da muss der selbst mit klarkommen, wenn er diesen Scheiß nimmt.“

„Ich pack das nicht“, flüsterte Frau Stein.

„Was meinst du?“, fragte Herr Stein.

„Ach nichts“, entgegnete seine Frau, ging ins Bad und öffnete den Spiegelschrank.

14.

Zur gleichen Zeit durchsuchten die anderen Teams weitere Wohnungen und Häuser. Die Rauschgiftfahnder hatten auch Hinweise erhalten, dass Connys Freundin Melanie ebenfalls mit Betäubungsmitteln handeln sollte.

Melanies Mutter war soeben erst vom Klingeln des Weckers mitten aus einem Traum gerissen worden. Aber das Läuten der Haustür erschreckte sie mehr als der planmäßig rasselnde Wecker. Wenn es um diese Uhrzeit klingelt, bedeutet das nichts Gutes. Sie zog sich hastig den Bademantel über das Nachthemd und schaute aus dem Flurfenster im ersten Stock.

Vor der Haustür standen zwei junge Männer.

„Was wollen Sie?“, rief Frau Möller aus dem Fenster. „Kriminalpolizei, öffnen Sie bitte die Tür“, antwortete einer der Männer. Er hielt eine goldfarben ovale Marke in seiner nach oben ausgestreckten Hand.

„Was soll das?“, entgegnete Frau Möller nun leiser, damit die Nachbarn nichts hörten. Sie hatte das Gefühl, als würde sie jeden Moment über die niedrige Fensterbank nach unten in den Vorgarten stürzen.

„Frau Möller“, erwiderte einer der Männer ruhig, aber immernoch so laut, dass es die halbe Nachbarschaft mitbekommen konnte. „Wir haben einen Durchsuchungsbeschluss. Wenn Sie uns nicht umgehend die Tür öffnen, müssen wir sie aufbrechen. Also kommen Sie bitte runter. Wir haben auch einen neutralen Zeugen dabei.“

Auf ein Handzeichen des Beamten stieg eine junge Frau aus dem vor dem Haus geparkten BMW. Frau Möller erkannte Steffie Geisen, eine ehemalige Nachbarin, die bei der Stadtverwaltung arbeitete.

„Stef-fie?“, stotterte Frau Möller, schlug das Fenster zu, lief nach unten und öffnete die Tür.

„Wo ist das Zimmer Ihrer Tochter?“, fragte einer der Männer.

„Die Treppe hoch, das Zimmer geradeaus.“

Ein Beamter lief die Treppe hinauf. Im gleichen Moment wurde die Wasserspülung der Toilette im ersten Stock betätigt.

Kurz danach stolperte Melanie schlaftrunken aus dem Bad.

„Was hast du gerade weggespült?“, fragte der Kommissar.

„Meine Kacke, was sonst?“

Melanies Mutter sah ihre Tochter entsetzt an und seufzte: „Kind, wie redest du denn? So kenne ich dich ja gar nicht!“

Wieso war Melanie nicht überrascht, als der Mann vor ihr stand?

Warum hatte sie ihn nicht gefragt, was er am frühen Morgen hier zu suchen habe?

Und woher nahm er sich das Recht, ihre Tochter zu fragen, was sie auf der Toilette gemacht hatte?

Hilfe suchend wandte sich Frau Möller an ihre ehemalige Nachbarin.

„Steffie, was hat das alles zu bedeuten?“

Steffi Geisen schüttelte nur stumm den Kopf, zog die Schultern hoch und warf einen Blick auf den zweiten Kriminalbeamten, der neben ihr stand.

Er trug eine Brille, die ihm ständig von seiner kleinen Nase rutschte. Mit dem Zeigefinger der linken Hand schob er das scheinbar viel zu große Brillengestell immer wieder nach oben.

„Pundsak von der Kripo“, stellte sich der Mann vor und hielt Frau Möller sein Portemonnaie vor die Nase, in dem sie einen Dienstausweis erkennen konnte.

„Günther Pundsak, Kriminalkommissar“, war dort zu lesen, und da sie ihn weiterhin ungläubig anblickte, entnahm der Beamte den Dienstausweis aus dem Portemonnaie. „Können wir uns nicht irgendwo hinsetzen?“

„Aber natürlich“, erwiderte Frau Möller und bot dem Beamten und Steffie einen Platz in der Wohnküche an. Dann sah sie sich zwei Passagen aus dem Durchsuchungsbeschluss genauer an:

In dem Ermittlungsverfahren gegen Melanie Möller wegen Anfangsverdachts des Verstoßes gegen das Betäubungsmittelrecht wird die Durchsuchung des Zimmers und anderer benutzter Räume der Beschuldigten und ihrer Person und der ihr gehörenden Sachen sowie die Beschlagnahme von nachstehenden Beweismitteln angeordnet: Betäubungsmittel, Betäubungsmittelutensilien und diesbezügliche Unterlagen.
Die Durchsuchung und Beschlagnahme war auf Antrag der Staatsanwaltschaft anzuordnen, da zu vermuten ist, dass ...
Die Beschuldigte ist des unerlaubten Handeltreibens von BTM in nicht geringen Mengen gemeinsam mit dem anderweitig verfolgten Conny Stein ...

Steffie Geisen setzte sich neben Frau Möller an den runden Küchentisch und umfasste deren zitternde Hände. „Soll ich uns einen Kaffee machen“, fragte sie mit Blick auf den Kaffeeautomaten.

„Ja, Steffie, den kann ich jetzt gebrauchen“, flüsterte Frau Möller.

Der zweite Beamte kam mit Melanie in die Küche und berichtete Pundsak, dass er nichts gefunden habe.

„Klar, kannst ja schlecht nachtauchen“, lächelte Pundsak.

Frau Möller starrte auf die Tischplatte. Dann blickte sie ihre Tochter an und flüsterte: „Melanie, was hat das zu bedeuten? Du dealst mit Drogen?“

„Mama, nein, bitte, das stimmt nicht!“

Melanie konnte wirklich nicht verstehen, wieso sie verdächtigt wurde, mit Conny gemeinsam zu dealen. Sie kiffte gelegentlich, aber mit seinen Geschäften hatte sie nichts zu tun.

Dann erinnerte sie sich.

Ein einziges Mal hatte Conny sie gebeten, ein gut verschnürtes Paket für sie aufzubewahren.

Aber das hatte sie ihm wiedergegeben, ohne es zu öffnen.

Wieso hatte sie sich eigentlich in diesen linken Typen verliebt?

***

Conny streckte betont lässig seine langen Beine auf dem Bürostuhl in einem Zimmer des Rauschgiftkommissariates aus. Er lehnte sich mit dem Rücken nach hinten, schaukelte hin und her und drohte, in dieser Körperhaltung fast vom Stuhl zu fallen. Die Westernstiefel schienen wie Stelzen seine dürren Füße zu verlängern.

Kriminalhauptkommissar Tom Schneider saß hinter dem Schreibtisch und las die entscheidenden Passagen des Haftbefehls vor. Er belehrte den „Beschuldigten", dass er keine Angaben zur Sache machen müsse.

Conny schüttelte nur den Kopf, als könne er die ganzen Vorwürfe nicht verstehen.

Waltraud Weiß, die „gute Seele" im Geschäftszimmer des Rauschgiftkommissariats, schrieb in den PC, was Tom ihr diktierte:

Erklärung des Beschuldigten: Mir ist eröffnet worden, welche Tat mir zur Last gelegt wird. Ich wurde darüber unterrichtet, dass mir das Recht zusteht, bei der Polizei zu der Beschuldigung Stellung zu nehmen. Dabei wird mir Gelegenheit gegeben, die gegen mich vorliegenden Verdachtsgründe zu beseitigen und zu meinen Gunsten sprechende Tatsachen geltend zu machen. Ich wurde außerdem darauf hingewiesen, dass ich zu meiner Entlastung Beweiserhebungen beantragen kann. Ferner habe ich zur Kenntnis genommen, dass es mir nach dem Gesetz freisteht, mich zu der Beschuldigung zu äußern oder nicht auszusagen, und dass ich jederzeit, auch schon vor meiner Vernehmung, einen von mir zu wählenden Verteidiger befragen kann.

Nachdem Tom den Text laut diktiert und den Tatvorwurf nochmals konkretisiert hatte, erkannte Conny, dass die Beweislast erdrückend war.

Woher, verdammt nochmal, wussten die Bullen das alles?

Wer hatte ihn verraten?

Von dem Bunker wussten doch nur wenige. Vielleicht hatten sie ihn auch observiert.

Ob sie sein Telefon angezapft hatten?

Er würde morgen im Knast sitzen, wenn er nicht ein paar Namen nannte. Okay, verurteilt würde er, aber mit ein bisschen Glück nur auf Bewährung.

„Conny, hast du die Belehrung verstanden?"

Die Stimme des Kriminalbeamten riss ihn aus seinen Gedanken.

Conny nickte.

„Hast du dich auch schon entschieden, ob du aussagen willst oder nicht?"

Conny schüttelte verneinend den Kopf.

„Okay", sagte Tom, „dann können wir ja schon mal mit den Angaben zur Person beginnen, wenn du noch nicht weißt, ob du Angaben zur Sache machen möchtest. Also zunächst zur Person! Wie heißt du?"

„Sie!"

„Okay. Wie heißen Sie?"

„Wie ich heiße, steht in meinem Pass. Wo ich wohne, wissen Sie und zu diesen lächerlichen Vorwürfen mache ich keine Angaben. Ich bin ein Opfer der Justiz. Da hauen mich ein paar Leute in die Pfanne, nur weil ich ihnen mal ein Girl weggeschnappt habe. Das ist ja lächerlich."

Conny konnte es einfach nicht lassen und versuchte, den Coolen raushängen zu lassen.

„Da müssen Sie aber vielen Jungs die Freundin ausgespannt haben", konterte Tom und blickte Waltraud Weiß an, die etwas verlegen grinste.

„Ich weiß jedenfalls nicht, was ihr von mir wollt."

„Sie von mir wollen!"

„Wie bitte?"

„Nicht ihr, sondern Sie"

Conny schnaubte gereizt.

Und dann zeigte Tom Schneider auf die Asservatentütchen, die auf dem Schreibtisch lagen

„Und das hier?"

„Was ist das?", fragte Conny, als zeige ihm der Beamte eine Wundertüte.

Tom Schneider grinste nur und stand auf. Er rollte den Bürostuhl um den Tisch, drehte die Rückenlehne nach vorne, setzte sich rittlings auf den Drehstuhl und schob sich direkt vor Conny. Dann drückte er seine Brust nach vorne gegen die Rückenlehne und spreizte die Beine. Sein rechter Fuß wippte im Takt eines Schlagzeugers auf dem Boden. Er blickte seinem Gegenüber tief in die Augen und wedelte mit einem der Päckchen vor Connys Gesicht.

„Ich weiß wirklich nicht, was das ist. Das muss jemand in meinem Zimmer vergessen haben. Das müssen Sie mir einfach glauben!", schrie Conny.

„Ich muss gar nichts und ich glaube immer nur das, was ich sehe."

Tom grinste und trotz Connys Knoblauchfahne blieb er nahe vor ihm sitzen und sprach ruhig weiter.

„Ach so. Da hat der große Unbekannte von allen unbemerkt deinen Kleiderschrank nach vorne gerückt und auf der Rückseite des Schrankes vergessen, sein Speed mitzunehmen, das er mit einem Tesaband dort festgeklebt hat. Da verstecken wildfremde Menschen Trips in deiner Gardinenleiste, legt jemand Pillen in die Filmdose. Interessante Story, wirklich filmreif. Ich bin beeindruckt“, sagte Tom Schneider mit einem breiten Grinsen auf dem Gesicht.

Conny schob die Schultern hoch.

„Na und?“

„Wie? Na und? Wie darf ich denn die Excel-Tabelle verstehen? Jeder Verkauf der Rauchpieces eingetragen. Leider kein Einkauf. Aber alle Einnahmen registriert. Da hast du, entschuldige bitte, da haben Sie uns, werter Herr Stein, eine Menge Arbeit erspart. Wir müssen nur noch die einzelnen Posten zusammenzählen.“

Tom rollte den Bürodrehstuhl mit beiden Füßen zurück und blätterte in der Akte.

Scheiße, dachte Conny. Mit dieser blöden Excel-Tabelle hatte er sich selbst in die Pfanne gehauen. Vor einigen Wochen hatte er sich noch über die Blödheit von Kevin amüsiert. Der Schüler der benachbarten Realschule dealte auch mit Drogen. Sein Klassenkamerad Thorsten schuldete ihm noch eine größere Menge Geld und hatte ihn bei einem Drogengeschäft gelinkt. Kevin hatte Thorsten brutal zusammengeschlagen, die deutlich sichtbaren Verletzungen fotografiert und das Foto ins Internet gestellt. Conny konnte sich nicht mehr erinnern, auf welcher Internetseite. Kevin hatte das Foto mit dem Satz kommentiert: „Das geht allen so, die meinen, sie könnten mich verarschen.“ Und bereits einen Tag später hatte er auf der Pinnwand angekündigt, dass er künftig keine Drogen mehr auf Kommi abgeben würde. Unglaublich, wie man so doof sein konnte.

Connys Kundenstamm wurde nach Kevins Festnahme größer. Damals hatte er von der Blödheit seines Konkurrenten profitiert. Dass er selbst einmal durch seine eigene Dummheit überführt werden könnte, daran hatte Conny nicht gedacht. Und die Excel-Tabelle würde ihm zum Verhängnis werden.

Dann holte ihn die Stimme des Kriminalbeamten wieder zurück in die Gegenwart.

„...und bevor du hier mit lächerlichen Geschichten anfängst, die wir widerlegen können, sagst du besser gar nichts. Das ist dein gutes Recht. Du wirst aber wie alle anderen spätestens nach einer Woche Knast um meinen Besuch bitten, weil du spätestens dann auspacken willst. Überlege dir also reiflich, ob es sich lohnt, für andere den Kopf hinzuhalten."

Conny erkannte, dass zu viel gegen ihn sprach, um sich stillschweigend aus der Affäre zu ziehen. Die Aussagen über die Abgabe von geringen Mengen waren zwar jede für sich Kleinkram, aber bei der Hochrechnung der verkauften Drogen würde eine erhebliche Menge zusammenkommen.

Einige der Pisser, die ihm wegen jedem Zwannie hinterhergerannt waren, würden ihn vermutlich in die Pfanne hauen. Aus der Nummer kam er nicht mehr raus. Er musste wohl einiges gestehen, um nicht in den Knast zu wandern.

Allzu große Sorgen machte Conny sich jedoch nicht, denn in der Tabelle hatte er nur die Namen der Kiffer notiert, an die er Konsumportionen verkauft hatte. Die 100-g-Schiene konnten die Bullen ihm anscheinend nicht nachweisen. Also besser nach der Devise handeln „*Gib den Bullen Futter!*" und wieder auf freien Fuß kommen als leugnen. Allerdings würden sie ihn irgendwann bestimmt nach seinem Haschisch-Lieferanten fragen.

Und dann war da noch die blöde Sache mit diesem zwölfjährigen Kiffer, den er dummerweise auch beliefert hatte. Das müsste er vermutlich auch zugeben.

Aber Volker würde er niemals verraten. Damit würde er sich den Ast absägen, auf dem er saß.

Er könnte eine fiktive Connection in den Niederlanden vortäuschen. Der große unbekannte Dealer in Heerlen, Maastricht, Valkenbourg, Venlo oder am besten in Amsterdam.

„Möchtest du einen Rechtsanwalt anrufen", unterbrach der Beamte seine Gedanken.

„Nein, ich werde aussagen!"

Conny hatte eine gute Idee. Er würde nur Marco als einzigen „Großabnehmer“ belasten, denn der würde sicherlich bei seiner Vernehmung umfallen.

„Okay, dann legen wir mal los“, sagte Tom und diktierte Waltraud Weiß:
„Ich werde aussagen. Soweit ich hier Angaben zu anderen Personen mache, entsprechen diese in vollem Umfang der Wahrheit. Mir ist bekannt, dass ich mich durch unwahre Angaben strafbar machen kann. Der Beamte hat mich darauf hingewiesen, dass er mir keinerlei Zusagen auf eine rechtliche Besserstellung machen kann. Ich stehe derzeit nicht unter dem Einfluss von Drogen oder sonstiger berauschender Mittel und fühle mich geistig und körperlich in der Lage, der Vernehmung zu folgen. Auf diese Passage der Vernehmungsniederschrift wurde ich besonders hingewiesen und bestätige dies durch meine Unterschrift.“

Tom drückte Conny einen Kugelschreiber in die Hand und dieser unterzeichnete. Dann bestätigte er die der Polizei bereits bekannten Fakten und räumte die Abgabe an die in der Liste genannten Kiffer ein, an die er gelegentlich Rauchpieces verkauft hatte.

Marco Kniebs beschuldigte er als einzigen regelmäßigen Abnehmer größerer Mengen. Marco war ohnehin fertig und außerdem gefiel es Conny nicht, wie Melanie sich in der letzten Zeit für diesen Typen interessierte.

Nachdem Conny seine Angaben zu Protokoll gegeben hatte, fragte Tom Schneider: „Und bei wem hast *du* Haschisch eingekauft?“

Conny versuchte nun, die Story von einem unbekannten Dealer in Amsterdam aufzutischen.

Tom lächelte nur.

Das kam ihm alles so bekannt vor.

Aber er hatte keine Lust mehr auf weitere Diskussionen, nahm Connys Lügengeschichte zu Protokoll und beendete die Vernehmung.

„Okay, dann gehen wir noch zum Erkennungsdienst“, sagte Ecci, fuhr mit Conny im Fahrstuhl in den zweiten Stock.

Sie betraten einen Raum, der einem Fotoatelier ähnelte. Vor einer weißen Wand stand – angestrahlt von zwei Scheinwerfern – ein großer Drehstuhl.

Der Beamte in dem weißen Kittel schrieb mit Kreide eine Nummer auf die Tafel, die neben dem Stuhl stand und forderte Conny auf, sich auf diesen Stuhl zu setzen.

„Und nun in die Kamera schauen. Nicht lächeln. Das wird kein Familienfoto. Hier gibt es nichts zu lachen!“, sagte der Beamte, drehte den Stuhl nach rechts, fotografierte, drehte den Stuhl nach links und drückte erneut den Auslöser der Kamera.

Dann musste Conny sich für ein Foto in voller Körpergröße neben ein Metermaß an die Wand stellen.

„So, nun werden wir deine Finger ein bisschen schmutzig machen!“

Die kräftige Hand des Beamten ergriff Connys schmales Handgelenk, als wolle er ihm die Finger brechen. Dann färbte der Kriminalbeamte vom Erkennungsdienst Connys Hand mit einer schwarzen Rolle ein, nahm einen Handflächenabdruck und rollte einen Finger nach dem anderen ab.

Nach der erkennungsdienstlichen Behandlung murmelte der Beamte: „Drüben am Waschbecken kannst du deine Hände sauber machen! So, Ecci, du kannst ihn jetzt runter ins Loch bringen.“

Ecci fuhr mit seinem Gefangenen im Fahrstuhl in das Polizeigewahrsam im ersten Untergeschoss.

„Denkel, aufwachen! Kundschaft“, rief Ecci in die Gegensprechanlage.

Die Tür öffnete sich. In einem schmalen Raum mit vielen Bildschirmen saß ein Polizist und überwachte alle Zellen.

Weitere Monitore kontrollierten jeden Schritt in dem Zellentrakt.

„Zum ersten Mal bei uns?“, fragte der Gewahrsamsbeamte.

Conny schwieg.

„Er wird morgen früh dem Haftrichter vorgeführt“, antwortete Ecci.

Conny musste seine Sachen abgeben. Der Beamte warf die persönlichen Gegenstände in eine rote Plastikbox: Uhr, Gürtel, Geldbörse, Schlüssel, Feuerzeug, alles, was er in den Taschen trug.

„Folgen Sie mir! Im Gleichschritt! Marsch!“, sagte der Polizist und lachte, als habe er einen geilen Witz gerissen.

Conny folgte dem Beamten durch den Flur. Vor einer der zahlreichen Zellen blieb der Polizist stehen, schloss mit einem riesigen Schlüssel die schwere Tür auf und machte eine einladende Handbewegung.

„Bitte sehr. Vorher Schuhe ausziehen und vor die Tür stellen!“

Conny zog die Schuhe aus, stellte sie neben die Zellentür in den Flur und betrat mit einem seltsamen Gefühl den schmalen Raum.

Dann forderte der Gewahrsamsbeamte ihn auf, sich komplett auszuziehen.

Conny hatte sich noch nie so erniedrigt gefühlt, als er nackt vor den beiden Beamten stand und der Gewahrsamsbeamte sogar seine Strümpfe in Augenschein nahm. Danach konnte er sich wieder anziehen.

Der Gewahrsamsbeamte verriegelte die Zellentür und kurze Zeit später donnerte die Eingangstür zum Zellentrakt ins Schloss.

Eine unheimliche Stille breitete sich in dem engen Raum aus.

Conny blickte aus dem vergitterten Fenster auf die gegenüberliegende Hauswand des Polizeipräsidiums. Das Gebäude war mindestens zehn Stockwerke hoch. Conny warf sich auf die schmale Pritsche und trommelte mit beiden Fäusten auf die Matratze.

Tränen liefen über seine Wangen.

Er konnte sich nicht daran erinnern, wann er das letzte Mal geweint hatte.

15.

Nachdem sie Conny in das Polizeigewahrsam eingeliefert hatten, fuhren Tom und Ecci zur Familie Kniebs. Aus einem unerklärlichen Grund hatten sie bei der Vorbereitung der Durchsuchungsaktion Marco vergessen. Vielleicht, weil er als Einziger nicht auf Connys Liste stand? Aber Tom kannte den Jungen. Bereits vor etwa einem halben Jahr hatte er Marcos Zimmer durchsucht und ihn mehrfach in der Drogenszene kontrolliert. Aber Marco war bislang nur wegen des Besitzes geringer Mengen Haschisch aufgefallen und nie als Abnehmer größerer Mengen.

Irgendwie hatte Tom den jungen Mann in sein Herz geschlossen. Er war so anders als die anderen Kiffer.

Tom klingelte an dem Außentor. Erst nach mehreren Minuten meldete sich eine weibliche Stimme: „Ja bitte?"

„Schneider, Kripo Koblenz. Frau Kniebs, öffnen Sie uns bitte die Tür."

„Marco ist nicht da", versicherte Frau Kniebs und, als könne sie durch die Gegensprechanlage die ungläubigen Mienen der beiden Kriminalbeamten erkennen, fügte sie hastig hinzu: „Das stimmt!"

„Trotzdem, Frau Kniebs, öffnen Sie die Tür!"

„Ich bin aber noch nicht angezogen", rauschte es undeutlich aus dem Lautsprecher.

„Frau Kniebs, bitte!"

Die Tür öffnete sich.

Als die Beamten durch den mit Altstadtsteinen gepflasterten Hof gingen, bewegte sich hinter einem Fester im Erdgeschoss eine Gardine.

„Schickes Nachthemd." Diesen Kommentar konnte sich Tom einfach nicht verkneifen, als Frau Kniebs in einem eleganten Kostüm öffnete.

„Sie wissen ja, wo sein Zimmer ist“, sagte Frau Kniebs verschämt und zeigte auf die gegenüberliegende Tür.

Marco kam in diesem Moment aus seinem Zimmer und tat so, als würde er die beiden Kriminalbeamten erst jetzt bemerken.

„Was ist denn los?“, rief er.

„Marco, machen wir es kurz. Hast du Stoff im Haus?“, fragte Ecci.

Marco schüttelte verneinend den Kopf.

„Darf ich den Herren einen Kaffee oder lieber einen Espresso anbieten?“, fragte Frau Kniebs.

„Gerne einen Kaffee“, antwortete Tom.

Ecci nickt zustimmend.

„Das ist ja der blanke Hohn“, sagte Marco leise. „Die stellen mir gleich die Bude auf den Kopf und du bietest denen noch Kaffee an. Warum nicht gleich Übernachtung mit Frühstück? Echt ätzend.“

„Wir gehen jetzt in dein Zimmer. Du kennst das Spielchen ja schon“, sagte Tom.

„Aber ich möchte nicht mitspielen“, entgegnete Marco.

„Du hast keine Wahl“, stellte Tom trocken fest.

„Ja, ich weiß. Du hast keine Chance, aber nutze sie“, erwiderte Marco bitter.

Tom Schneider führte Marco behutsam in sein Zimmer.

Aus dem iPod erklang „Revolverheld“

Halt dich an mir fest,
wenn dein Leben dich zerreißt.
Halt dich an mir fest,
wenn du nicht mehr weiterweißt.
Halt dich an mir fest,
weil das alles ist, was bleibt.

Marco drehte den Lautstärkeregler voll auf.

„Mach bitte leise!“, bat Tom im ruhigen Ton.

Frau Kniebs lehnte an der Tür.

„Frau Kniebs, möchten Sie, dass wir noch einen neutralen Zeugen hinzuziehen?“, fragte Ecci.

„Nein, um Gottes willen. Darauf kann ich verzichten.“

Frau Kniebs ging zurück in die Küche, stellte zwei Tassen auf den Tisch und öffnete eine Dose Milch.

„Kaffee mit oder ohne Milch?“, fragte sie.

„Einmal mit, einmal schwarz“, sagte Ecci, der in der Küche das Durchsuchungsformular ausfüllte.

Frau Kniebs atmete tief durch.

„Ich kann mich noch gut daran erinnern, wie Sie das erste Mal vor unserer Haustür gestanden haben und ich voller Überzeugung gesagt habe: *Mein Sohn nimmt keine Drogen, das muss eine Verwechslung sein.* Warum kommen Sie denn heute?“, fragte sie sichtlich erregt und beantwortete einen Teil der Frage selbst, bevor Ecci sie aufklären konnte.

„Ich denke, Sie rennen nicht mehr jedem kleinen Konsumenten hinterher, sondern wollen sich auf die Dealer konzentrieren?“

„Eben!“, sagte Ecci.

„Das heißt, er handelt mit Haschisch?“

„Zumindest hat er größere Mengen eingekauft. Ob das lediglich für seinen Eigenkonsum war oder ob er auch weiterverkauft hat, können wir momentan nicht sagen.“

„Hat dieser Conny ihn jetzt mit reingerissen?“

Ecci nickte.

„Was soll ich denn nun machen?“, fragte Frau Kniebs verzweifelt.

„Sie sollten sich mit der Drogenberatungsstelle in Verbindung setzen“, antwortete Ecci.

„Ich habe vor einiger Zeit mit Frau Soller vom Zentrum für ambulante Suchttherapie ein Gespräch geführt. Aber damals wusste ich noch nicht, dass Marco auch dealt. Wie soll das denn weitergehen?“, fragte sie kaum hörbar und eher an sich selbst gerichtet.

„Wir werden ein Ermittlungsverfahren einleiten und die Akte an die Staatsanwaltschaft abgeben.“

„Kommt Marco ins Gefängnis?“

„Ich kann es Ihnen nicht sagen, da wir momentan nicht wissen, ob Ihr Sohn wirklich gedealt hat. Nach dem, was er uns das letzte Mal erklärt hat, konsumiert er sehr stark. Reden Sie auf jeden Fall nochmals mit Frau Soller“, sagte Ecci und rief: „Tom, kommst du alleine klar?“

„Klar, füll schon mal die Formulare aus!“, erwiderteTom aus Marcos Zimmer. Er hatte das Zimmer nur oberflächlich durchsucht und nichts gefunden.

„Junge, wie soll das denn weitergehen? Willst du wirklich warten, bis wir dich in den Knast bringen? Noch hast du eine Chance.“

„Kann ich gehen oder hat mein Lieblings-Cop vom RD einen roten Zettel?“

„Nein, Marco, ich habe keinen Haftbefehl. Und Klavier gespielt hast du ja auch schon bei uns.“

Marco wusste, was Kriminalhauptkommissar Schneider mit Klavier spielen meinte. Seine Fingerabdrücke waren bereits registriert, denn er war nach einer Razzia im EXTRA erkennungsdienstlich behandelt worden.

„Aber wenn du so weitermachst, wirst du bald im Kahn sitzen. Das solltest du dir gut überlegen“, redete Tom weiter auf den Jungen ein.

Marco zuckte nur mit den Schultern.

„Mein Alter schmeißt mich sowieso bald raus“, murmelte er. „Und im Knast hätte ich im Winter wenigstens ein warmes Plätzchen. Außerdem soll das mit dem Nachschub dort ja hervorragend funktionieren. Also, womit willst du mir drohen?“

„Ich will dir nicht drohen, ich möchte dir helfen“, sagte Tom.

Marco lächelte gequält und legte die Hand auf Toms Schulter:

„Du bist echt okay, auch wenn du ein Bulle bist. So einen Vater würde ich mir wünschen“, flüsterte Marco.

Tom spürte in diesem Moment die unsichtbare Faust in der Magengrube. Er atmete tief durch und dachte an die vielen Dinge, die er Sabine versprochen und nie gehalten hatte.

Das Gesicht seiner Tochter tauchte wieder vor seinem inneren Auge auf. Sie hatte ihm damals hoch und heilig geschworen, niemals auf Heroin umzusteigen. *Fixer sind link, kriegen Aids, gehen anschaffen, klauen, magern total ab und liegen irgendwann tot mit einer Spritze im Arm auf einer schmutzigen Bahnhofstoilette. Nein, dazu habe ich keinen Bock,* hatte sie ihm versichert.

„Kann ich jetzt gehen?“, fragte Marco und riss Tom aus seinen Gedanken.

„Wenn du deine Mutter jetzt wirklich allein lassen willst“, erwiderte Tom.

Marco ignorierte den unausgesprochenen Rat, drehte sich um und schlug die Haustür hinter sich zu.

„Wohin geht der Junge? Halten Sie ihn fest“, schrie Frau Kniebs verzweifelt.

„Sie können ihn nicht einsperren“, antwortete Ecci und reichte Frau Kniebs zum Abschied die Hand.

„Aber *Sie* können ihn einsperren!“, schrie Frau Kniebs ihnen nach, als wären damit alle Probleme auf einen Schlag gelöst. Sabine hätte er damals auch am liebsten eingesperrt. Und sie blieb wie vom Erdboden verschluckt. Niemand konnte wissen, wie sich Marcos Drogenkarriere weiter entwickeln würde.

Drogenkarriere! Ein seltsames Wort für die gesundheitlichen Folgen und kriminellen Verstrickungen.

Frau Kniebs musste dringend mit jemandem reden. Ihren Mann hatte sie telefonisch nicht erreichen können. Und dann überlegte sie, welche ihrer zahlreichen Freundinnen sie jetzt anrufen könnte.

Ihr fiel keine einzige ein, der sie sich anvertrauen konnte, ohne dass es am nächsten Tag die halbe Stadt wusste.

Sie schaute auf die Uhr.

Außerhalb der Geschäftszeiten war die Drogenberatungsstelle nicht erreichbar. Wie gern hätte sie jetzt mit Bärbel Soller gesprochen.

Sie wählte die Nummer der Beratungsstelle. Vielleicht hatte sie ja Glück. Es meldete sich aber nur der Anrufbeantworter mit Ansage der üblichen Geschäftszeiten. Eine Möglichkeit, in dringenden Fällen Kontakt aufzunehmen, schien es nicht zu geben.

Aber hatte Frau Soller nicht beim letzten Gesprächstermin eine private Telefonnummer notiert und gesagt, sie wäre auch außerhalb der Beratungsstunden für Frau Kniebs erreichbar?

Hatte sie das wirklich ernst gemeint?

Mit zitternden Händen durchsuchte Marcos Mutter ihre Handtasche. Aber sie fand den Zettel mit der Telefonnummer nicht mehr. Das Telefonbuch, schoss es Frau Kniebs durch den Kopf. Sie schaltete den Computer ein und öffnete *telefonbuch.de*. Soller B., ohne Adresse. Das musste sie sein. Frau Kniebs wählte die Nummer.

„Hier spricht der Anrufbeantworter von Bärbel Soller. Legen Sie nicht auf. Sie können mir eine Nachricht hinterlassen. Ich werde Sie schnellstmöglich zurückrufen. Sprechen Sie bitte nach dem Signalton!“

„Frau Kniebs hier“, flüsterte Marcos Mutter mit erstickter Stimme. „Entschuldigung, dass ich Sie zu Hause störe, aber ich weiß nicht mehr weiter. Heute hat die Polizei Marcos Zimmer durchsucht, weil er dealen soll.“

Dann versagte ihre Stimme. Sie vergaß, ihre Telefonnummer auf dem Anrufbeantworter zu hinterlassen, legte sich auf die Couch und versuchte einzuschlafen.

Frau Kniebs wusste nicht, wie lange sie da gelegen hatte, als sie von dem Klingelton geweckt wurde. Sie tastete nach dem Mobiltelefon, das sie vor die Couch auf den Boden gelegt hatte.

„Ja, bitte?"

„Bärbel Soller", meldete sich die Stimme am anderen Ende der Leitung. Frau Kniebs wusste in dem Moment nicht, ob sie aufatmen oder sich schämen sollte. Aufatmen, weil sie sich nichts sehnlicher wünschte, als einem Menschen ihr Herz auszuschütten. Schämen, weil sie Bärbel Soller in ihrer Freizeit mit ihren Sorgen belästigte. Da sie im Laufe des Telefonats feststellten, dass die Drogenberaterin nur eine Straße weiter wohnte, trafen sich die beiden Frauen im „Cafe Rheinanlagen".

Erst als die Besitzerin die Stühle auf die Nachbartische stellte, verließen die beiden Frauen das Lokal.

„Danke", war das einzige Wort, das Frau Kniebs vor dem Lokal noch über die Lippen brachte, bevor sie sich mit einem innigen Händedruck von Bärbel Soller verabschiedete.

16.

Connys Herz schlug schneller, als er aus einem Albtraum erwachte.

„Guten Morgen, Herr Stein! Der Richter wartet“, rief der Gewahrsamsbeamte und führte Conny in den Waschraum. Am Ende des Flurs stand Kriminalhauptkommissar Schneider. Nachdem Conny sich das Gesicht gewaschen hatte, geleitete ihn Schneider zu einem hellgrauen BWM, der mit laufendem Motor vor dem Gewahrsamstor wartete.

Tom Schneider öffnete die hintere Tür und drückte Connys Kopf nach unten, damit er sich beim Einsteigen mit den gefesselten Händen nicht den Kopf am Autodach anrempelte.

Am Steuer saß Kriminalhauptkommissar Eccarius.

Das große Rolltor öffnete sich.

Der Wagen fuhr fast lautlos aus der Tiefgarage durch die Innenstadt zum Amtsgericht.

Obwohl Anwalt Dr. Theisen bei der Vorführung die Ansicht vertrat, dass sein Mandant umfangreiche Angaben gemacht habe und daher weder Flucht- noch Verdunkelungsfahr bestünde, ordnete Richter Jung die Einlieferung in die Justizvollzugsanstalt an.

Er war mit den Beamten des Rauschgiftkommissariats einer Meinung, dass der Beschuldigte nur das bestätigt hatte, was die Polizei ohnehin bereits wusste und lediglich Marco Kniebs beschuldigt hatte, größere Mengen bei ihm zu beziehen.

Das Märchen vom unbekannten Dealer hatte der Richter auch nicht geglaubt und daher die Untersuchungshaft angeordnet.

***

Wie von Geisterhand öffnete sich das riesige Tor der Justizvollzugsanstalt.

Der BMW rollte in eine Schleuse mit meterhohen hellgrauen Wänden.

Nachdem die Beamten an der Pforte ihre Waffen abgegeben hatten, öffnete sich das zweite Tor der Schleuse.

Eccarius steuerte den BWM in den von hohen Mauern mit Stacheldrahtabdeckung umgebenen Innenhof. Conny sah die Männer in grauer Anstaltskleidung an der hohen Gefängnismauer, die gierig an ihren Zigaretten sogen.

Einige warfen sich einen Basketball zu und versuchten, den Korb an der hohen Wand zu treffen.

„Freigang! Einmal am Tag darf man an die frische Luft!“, kommentierte Tom Schneider und ging mit Conny in das Geschäftszimmer.

„Neuaufnahme?“, murmelte der Justizwachtmeister hinter dem alten Schreibtisch.

„Für eine Nacht, wird morgen nach Wittlich in den Jugendknast verschubt“, antwortete der Kriminalhauptkommissar. Dann blickte er Conny an. „Wenn du weitere Angaben über deine Dealer machen willst, kannst du dies über die Geschäftsstelle mitteilen lassen.“

***

Connys Augen wanderten durch den schmalen Raum. Wenn er die Arme ausstreckte, konnte er fast beide Wände an der Längsseite berühren.

An der Decke hing eine Glühlampe mit einem kleinen, runden Blechschirm.

In der hinteren Ecke waren eine Toilette und ein Waschbecken installiert.

An der langen Wand standen ein Spind, ein kleiner Tisch, ein Stuhl und gegenüber ein schmales Bett. Conny hoffte, dass die Zellen in einer Jugendstrafanstalt größer waren.

Sonst würde er wahnsinnig.

17.

Sollte er den Trip wirklich einwerfen?

Hin- und hergerissen zwischen Angst und Neugierde betrat Marco die Bahnhofshalle und ging zum Waschcenter. Er setzte sich auf den geschlossenen Toilettendeckel, legte den LSD-Trip auf die Fingerspitze, führte den Finger zum Mund, legte das kleine rechteckige Papier mit dem Herz-Symbol auf die Zunge und schluckte die Droge runter.

Er musste kurz an Anja denken, denn die Pille, die Conny ihr an der Waldhütte verkauft hatte, war mit einer LSD-ähnlichen Substanz vermischt gewesen.

Sie war kaputt, das hatte er im Schlosspark mit Schrecken erlebt. Nach ihrem Selbstmordversuch war sie aus dem Krankenhaus geflohen und lebte vermutlich wieder in Köln auf der Straße.

Er würde heute einen guten Trip haben, weil er sich mental darauf eingestellt hatte.

Plötzlich spürte er die Krämpfe im Magen.

Er drückte beide Ellbogen fest auf seine dünnen Oberschenkel und hatte mit einem Mal das Gefühl, die Toilettenwände würden ihn erdrücken.

Marco riß an der Tür.

Sie ließ sich nicht öffnen.

Panikartig drehte er den Knopf nach links. Dann stürzte er aus der Toilette, als sei der leibhaftige Teufel hinter ihm her, rannte durch die Bahnhofshalle, sah nur schemenhaft die vielen fremden Menschen, die ihn angreifen wollten.

Nur raus, raus hier, egal wohin, dachte er und fühlte sich wie ein Geisterfahrer auf der Autobahn.

Allein auf der falschen Spur rannte er gegen den Menschenstrom. Die Anzeigetafeln der ankommenden und abfahrenden Züge verwandelten sich in grüne und rote Männchen, die ihm ständig auf den Schädel schlugen. Die Köpfe der roten und grünen Männchen explodierten. Sie lachten dabei.

Er hörte viele Geräusche, nicht aber seinen eigenen angsterfüllten Schrei.

Auf dem Bahnhofsplatz schwamm rote Erdbeermarmelade wie ein Lavastrom nach einem Vulkanausbruch.

Er stampfte durch die steife Masse. Seine Füße wurden immer schwerer und er konnte sich kaum fortbewegen.

Plötzlich stand er vor ihm.

Ein Riese mit langen braunen Haaren in einem weißen Gewand. Noch größer als die Freiheitstatue in New York, die er nur von Fotos kannte.

Der Geist streckte eine riesige Hand aus und grinste. Das vordergründig freundliche Grinsen ließ ihm einen Angstschauer über den ganzen Körper laufen.

„Neeeeiiin!!!“, schrie Marco und warf sich auf den Boden.

Innerhalb kürzester Zeit hatte sich eine Menschenmenge angesammelt.

Alle sahen untätig zu, bis sich ein Beamter der Bundespolizei auf Marco warf und ihn auf dem Boden festhalten konnte.

***

Melanie wartete zur gleichen Zeit an der gegenüberliegenden Bahnhofshaltestelle auf ihren Bus. Sie hörte die Schreie und sah Marco aus der Bahnhofshalle stürmen.

Melanie rannte los. Sie konnte dem Linienbus im letzen Moment ausweichen. Bruchteile von Sekunden blickte sie in das Gesicht des Fahrers. Der Mann saß kreidebleich hinter dem Lenkrad und konnte sich vor Schreck kaum bewegen. Mit ausgestreckten Armen und scheinbar größter Kraftanstrengung steuerte er das große Lenkrad nach links.

Melanie sah einige Fahrgäste hochspringen.

Dann lief sie weiter und bahnte sich ihren Weg durch die Schaulustigen.

Auf Marcos bebendem Körper kniete ein Bahnpolizist. „Rufen Sie den Notarzt!“, schrie der Mann mit hochrotem Kopf.

Aber niemand fühlte sich angesprochen.

Jeder schien sich auf den anderen zu verlassen.

Es stimmte also: Je mehr Menschen in einer Notfallsituation helfen könnten, desto weniger helfen wirklich.

Der Polizist konnte den Jungen nur mit äußerster Kraftanstrengung festhalten. Marco trat mit den Füßen um sich. Er drehte sich immer wieder im Kreis wie ein Breakdancer. Beide bewegten sich wie Zeiger einer großen Uhr, deren kleiner Zeiger verrücktspielte. Kein Gaffer kam auf die Idee, dem Polizisten zu helfen. Im Gegenteil.

„Lassen Sie sofort den Jungen los!“, forderte ein elegant gekleideter Herr den Polizisten auf und ging zielstrebig weiter in Richtung Busbahnhof. Hauptsache, er hatte seine Meinung geäußert.

Melanie kniete sich direkt vor Marcos Gesicht und umfaßte seinen Kopf mit beiden Händen.

„Kennst du ihn?“, keuchte der Polizist und rang nach Atem.

Melanie nickte und legte ihre Hand auf Marcos Stirn.

„Hilf mir, er nimmt mich zu sich!“, schrie Marco.

„Wer? Wer nimmt dich zu sich?“, flüsterte Melanie.

Aber Marco antwortete nicht, auch wenn sich in seinen Augen eine unbeschreibliche Angst widerspiegelte.

Dann ertönten die Sirenen immer lauter.

Der Rettungswagen musste gleich eintreffen.

Jemand lief Richtung Taxiplatz, um den Krankenwagen einzuweisen. Dabei hätte es vermutlich keiner Einweisung bedurft, denn die Menschentraube der Gaffer wurde immer größer.

Dem Polizisten gelang es jetzt nur noch mit Mühe, den Festhaltegriff so anzusetzen, dass Marco sich nicht losreißen konnte.

„Sollen sie ihn doch krepieren lassen. Er hat es nicht anders gewollt“, rief ein älterer Taxifahrer inmitten der Schaulustigen.

Melanie drehte sich wütend um.

„Das ist ja echt scheiße“, schrie sie den Mann an. „Hier krepiert einer, und dann solche Sprüche, du alter Suffkopp!“

Alle Gaffer blickten nun auf den Taxifahrer mit der schwarzen Lederkappe. Die rote Knollennase und das blau geäderte Gesicht waren nicht zu übersehen. Als sich die Blicke auf ihn richteten, fasste er sich verlegen an seine Kappe und ging zielstrebig zu seinem Taxi zurück.

Im gleichen Moment fuhr der Rettungswagen auf den Bahnhofsvorplatz. Die Martinshörner verstummten, aber die blauen Rundumlichter blinkten hektisch weiter. Zwei Rettungssanitäter sprangen aus dem Fahrzeug. Als der Beamte den Festhaltegriff lockerte, sprang Marco auf und wollte weglaufen. Der ältere Rettungssanitäter, ein kräftiger Mann Anfang vierzig, packte Marco von hinten um den ganzen Körper und hielt seine Arme fest, während der andere die Rettungsliege vor den um sich tretenden Marco auf den Boden schob. Der jüngere Sanitäter packte Marco an den Füßen und mit vereinten Kräften gelang es, den Jungen auf die Liege zu werfen. Wieder ertönten Martinshörner und eine Ärztin sprang aus einem zweiten Einsatzfahrzeug.

„Sieht nach LSD aus!“, rief der junge Sanitäter.

Mit Hilfe des immer noch nach Atem ringenden Bahnpolizisten fixierten sie Marcos Hände und Füße mit dicken Lederriemen.

Die Ärztin spritzte ein Beruhigungsmittel.

Die Sanitäter transportierten Marco zum Rettungswagen.

Er bäumte sich ein letztes Mal auf, aber durch die Fixierung mit den Lederriemen konnte er nicht von der Trage springen.

Die Notärztin hatte in letzter Zeit viele jugendliche Konsumenten mit akuten Angstzuständen nach einem Horrortrip ins

Krankenhaus eingeliefert. Nicht nur nach einem LSD-Trip. Einige hatten Kräutermischungen und die als Badesalz angebotenen Drogen probiert. Die Patienten waren unberechenbar. Der Harmloseste konnte äußerst gewalttätig reagieren und Dinge tun, die man ihm niemals zutrauen und die er später mit Sicherheit bereuen würde.

Die Sanitäter schlossen die hintere Tür des Rettungswagens.

Melanie rannte hinter der Ärztin her.

„Darf ich mitfahren?"

„Sind Sie eine Verwandte?"

„Seine Freundin."

„Setz dich in meinen Wagen", rief die Ärztin, die mit einem Mercedes-Kombi vorgefahren war und sprang in den Rettungswagen. Mit grellen Tönen der Martinshörner verließ er den Bahnhofsvorplatz.

Melanie stieg in den Mercedes-Kombi der Notärztin. Auf dem Fahrersitz saß ein junger Mann in weißer Kleidung, der nun auch die Martinshörner einschaltete und dem Krankenwagen folgte. Melanie konnte durch die hinteren Milchglasscheiben des vorausfahrenden Rettungswagens erkennen, wie die Ärztin eine Flasche an ein Gestell hängte und sich zu Marco hinunterbeugte.

„Wir werden deinen Freund wieder herrichten. So was passiert jeden Tag. Hab keine Angst", sagte der Fahrer.

„Es ist gar nicht mein … meine Angst", sagte Melanie. Sie wollte Freund sagen, aber das kam ihr schwer über die Lippen.

Eigentlich finde ich Marco unheimlich nett, dachte Melanie in diesem Moment und konnte nicht verstehen, was sie an Conny so fasziniert hatte. Okay, es war aufregend, einen Freund mit einem Golf Cabriolet zu haben, auch wenn es eine alte Kiste war. Alle Mädchen hatten voller Neid hinter ihr hergeblickt, wenn sie in Connys offenes Cabrio gestiegen war.

Aber spätestens, seit sie Anjas Trip und Connys Reaktion an der Grillhütte erlebt hatte, fragte sie sich immer öfter, ob das noch der Conny war, in den sie sich Hals über Kopf verliebt hatte. Seit der Geschichte mit Anja fand sie Conny immer mehr zum Kotzen, weil er auch mit Pillen und Trips handelte. Und nun hatte er sie auch noch mit hineingerissen.

Shit hatten fast alle probiert. Aber vor anderen Drogen hatten die meisten Respekt. Conny war nur darauf bedacht, wie er seinen Handel mit Drogen auf die Reihe kriegen konnte. Wie es dabei den anderen ging, war ihm im wahrsten Sinne des Wortes shit-egal.

Mary, die auf der ersten Kifferparty kotzt.

Anja, die in den Steinbruch stürzt.

Marco, der voller Angst um sich schlägt.

Unter anderen Umständen hätte sie es affengeil gefunden, mit Blaulicht und Martinshorn durch die Stadt zu rasen, denn alle Autos mussten eine freie Gasse bilden und der Fahrer ignorierte die roten Ampeln. Aber dafür hatte sie in diesem Moment keinen Blick.

Als sie die Zufahrt der Notaufnahme des Krankenhauses erreichten, schaltete der Fahrer die Martinshörner aus.

Die hinteren Türen des Rettungswagens öffneten sich und zwei Krankenschwestern schoben ein Gestell mit Rollen heran. Die Trage wurde auf einen Rollwagen geschoben und die Sanitäter rannten mit dem Wagen durch die große Glastür, über der in fetten Buchstaben **NOTAUFNAHME** stand. Am anderen Ende des langen Flurs war eine zweite Tür mit Milchglasscheiben, die sich automatisch öffnete. Über der Tür stand in dicker Schrift: **Entgiftung – Zutritt streng verboten**

Melanie setzte sich auf die schmale Holzbank.

Am anderen Ende des Flurs redeten zwei Männer mit dem Pförtner. Den Wortfetzen konnte sie entnehmen, dass es sich um Polizeibeamte handelte.

Die beiden Männer waren zeitgleich mit dem Rettungswagen in einem Zivilfahrzeug mit Blaulicht auf dem Dach angekommen und hatten kurz mit der Ärztin gesprochen.

***

Da sich in der letzten Zeit die Zusammenbrüche von Drogenkonsumenten nach Einnahme von Pillen, LSD oder unbekannten Kräutermischungen häuften, waren Tom und Ecci von der Einsatzleitstelle RHEIN über den Vorfall am Bahnhof informiert worden.

„Er wird Ihnen nichts sagen können. Der Junge ist total auf einem Trip und nicht ansprechbar. Momentan scheint die Spritze zu wirken“, sagte die hübsche Ärztin.

„Ich kenne ihn persönlich“, drängte Tom, aber die Ärztin verweigerte den Beamten den Zutritt in die Station.

„Es ist wichtig“, versuchte es Tom noch einmal. „Wer weiß, an wen der Dealer weitere Trips verkauft hat. Wir könnten Ihnen jede Menge Arbeit ersparen.“

„Tut mir leid“, sagte die Ärztin ruhig und verschwand hinter der Milchglastür.

Tom kannte das Mädchen, das zusammengesunken auf der Bank saß. Ihr Foto klebte auf dem Personigramm mit den verdächtigen Personen. Er ging zu ihr und zeigte seine Kriminaldienstmarke.

„Melanie?“

Das Mädchen nickte und starrte weiterhin auf den Boden.

„Kannst du uns sagen, was passiert ist?“, fragte Tom.

„Nein, ich war nur zufällig am Bahnhof.“

„Hast du keine Ahnung, wer ihm Drogen verkauft hat?“

„Nein!“, wiederholte Melanie kurz angebunden. Zu kurz angebunden für Schneider.

„Ich weiß, dass Marco auf Drogen ist. Findest du nicht auch, dass er noch zu jung ist, um den Löffel abzugeben? Ich will wissen, wer ihm diesen Scheißtrip angedreht hat.

Und ich glaube, du kannst uns da weiterhelfen. Du bist doch die Freundin von Conny Stein, oder?“

Melanie nickte stumm.

„Florian Gerster war der Erste, der Connys Shit nicht vertragen hat. Richtig?“

Melanie nickte wieder.

„Und Marco ist vermutlich auch nicht der Erste, der Connys Trips nicht vertragen hat. Stimmt’s?“

„Ja“, hauchte Melanie.

„Und wer soll der Nächste sein, der Connys Heroin nicht verträgt und nach einem Goldenen Schuss den Löffel abgibt? Anja?“

„Ich weiß nicht, was Sie von mir wollen. Ich kann Ihnen nichts sagen“, schluchzte Melanie.

„Du kannst schon. Du willst nicht!“, sagte Ecci und im gleichen Augenblick wurde die Stille auf dem Krankenhausflur durch ein kräftiges Poltern und Schreie hinter der Milchglastür unterbrochen.

„Kommen Sie schnell, der schlägt uns alles kurz und klein!“, schrie eine ältere Krankenschwester hysterisch.

Tom und Ecci rannten durch die nun offene Tür mit der Aufschrift „Zutritt verboten!“.

„Zweite Tür rechts“, rief ihnen die Schwester nach.

Als Tom die Tür aufriss, stolperte er fast über ein Bett, das direkt hinter die Tür gerollt war.

Ein Patient lag stöhnend auf dem Boden neben dem umgestürzten Gestell mit der zerbrochenen Infusionsflasche.

Marco kniete im hinteren Bereich des Zimmers auf der Ärztin und schlug auf sie ein.

Als er Tom sah, sprang er auf. Tränen schossen aus seinen Augen. Mit ausgebreiteten Armen stolperte Marco auf ihn zu.

Tom hatte den Eindruck, als habe Marco ihn erkannt und wolle ihn umarmen.

„Hilf mir!“, schrie Marco verzweifelt.

Toms Gedanken an Sabine lähmten sein Reaktionsvermögen.

Er wollte Marco in seine Arme nehmen, aber im gleichen Moment schlug der Junge mit einer unvorstellbaren Kraft zu.

Der Schlag traf Tom am rechten Kinn.

Damit hatte er nicht gerechnet.

Ecci gelang es, Marco mit einem Fußfeger zu Boden zu werfen und den Polizeiarmdrehgriff anzusetzen.

Marco schien schmerzunempfindlich zu sein. Seine dünnen Arme waren dehnbar, als seien sie aus Gummi.

Die Ärztin ordnete Haare und Kleidung, während die beiden Beamten Marco aufs Bett warfen und seine Arme und Beine mit den Lederriemen fixierten.

Marco schrie immer wieder mit angstvoll aufgerissenen Augen: „Hilfe! Da kommt er! Er will mich zu sich nehmen!"

Die Ärztin legte eine Infusion.

„Das müsste reichen", sagte sie in ruhigem Ton.

Sie lächelte Tom an.

„Danke, dass Sie sich trotz des Verbotes Zutritt in unsere heiligen Räume verschafft haben."

Sie berichtete, dass Marco von den Sanitätern aufs Bett gelegt worden war und dieser sich zunächst absolut ruhig verhalten hätte.

„Die Sanitäter haben den Patienten nicht fixiert. Ich wollte ihn dann mit der Stationsschwester ans Bett binden. Der Junge ist aber plötzlich aufgesprungen, hat mich zu Boden geworfen und wie wild auf mich eingeschlagen."

Kein einziges vorwurfsvolles Wort kam über ihre Lippen, weder gegenüber den Sanitätern und ihres Versäumnisses noch gegen Marco.

„Ich kenne Marco als einen liebenswerten Typen, der keiner Fliege was zuleide tun kann. Er ist nicht aggressiv, eher schüchtern und zurückhaltend. Gewalt lehnt er ab. Deswegen hat mich sein Angriff auch total überrascht", sagte Tom.

Er fühlte mit der rechten Hand vorsichtig über sein Kinn.

Die Ärztin lächelte, aber sie bedauerte ihn nicht.

Leider.

„Das ist wieder ein Beweis dafür, wie sehr Menschen sich nach der Einnahme von LSD verändern. Wir lernen unsere Patienten beim ersten Kontakt nur im Rauschzustand kennen und wissen nicht, wie sie sich normal verhalten. Es ist erschreckend, was sich manchmal hier abspielt. An den Wochenenden werden Minderjährige eingeliefert, die im Rauschzustand jeglichen Bezug zur Realität verloren haben“, stellte die Ärztin resigniert fest. „Aber nun zu dem jungen Mann, Herr Kommissar. Wie heißt er? Er hat keine Papiere bei sich. Können Sie mir seine Personalien angeben?“

„Ja, natürlich. Wissen Sie, was geschehen ist?“, fragte Tom.

„Nein, aber Ihnen ist ja sicherlich auch die ärztliche Schweigepflicht bekannt?“

„Ja, aber wir sind natürlich sehr stark daran interessiert, herauszufinden, wer zurzeit die Trips verkauft. Wir müssen befürchten, dass auch andere Konsumenten ähnliche Probleme bekommen und wollen natürlich den Verkäufer ermitteln“, rechtfertigte Tom seine Hartnäckigkeit.

Ecci fügte fast entschuldigend hinzu: „Wenn sich die Leute zukiffen, können wir sicherlich nicht jedem hinterherrennen. Aber bei den Trips müssen wir tätig werden, um Schlimmeres zu verhüten.“

„Ja, ich verstehe das natürlich. Rufen Sie mich im Lauf des Vormittags noch einmal an. Dann kann ich Ihnen vielleicht Näheres sagen.“

Aus dem weißen Kittel der Ärztin erklang ein piepsender Rufton.

„Ja, meine Herren, ich muss leider wieder auf Station. Wir sehen uns sicher bald wieder, denn ich werde in der nächsten Zeit hier meinen Dienst verrichten.“

„Eine Frage hätte ich noch. Welche Rolle spielt das Mädchen auf der Bank?“, fragte Tom.

„Seine Freundin. Sie war wohl zufällig am Bahnhof. Ich werde sie nach Hause schicken, denn sie kann nicht zu ihm.“

„Wir kennen das Mächen und werden es mit zurück in die Stadt nehmen oder nach Hause fahren. “

„Danke“, sagte die Ärztin und verschwand hinter der Milchglastür.

Tom ging zur Bank.

„Melanie?“

Melanie zuckte zusammen.

„Die Ärztin sagt, du kannst momentan nichts für Marco tun. Er hat eine Beruhigungsspritze bekommen und ist die nächste Zeit nicht ansprechbar. Du kannst mit uns in die Stadt zurückfahren.“

Melanie stand wortlos auf und nickte nur.

Die Ärztin öffnete nochmals die Tür und rief Melanie zu: „Du kannst deinem Freund ein paar frische Anziehsachen besorgen und an der Pforte abgeben.“

Dann winkte sie Tom noch mal zu sich.

„Sie haben vergessen, mir den Namen des jungen Mannes zu nennen.“

„Marco! Marco Kniebs“, antwortete Tom.

„Und wie war Ihr Name?“, fragte sie lächelnd.

„Schneider, Tom Schneider“, erwiderte Tom und gab ihr hastig seine Visitenkarte.

Nach ihrem Namen brauchte er sie nicht zu fragen, denn der stand auf der bunten Brosche, die sich deutlich von dem weißen Kittel abhob:

Monika Nabler.

Melanie setzte sich auf die Rückbank und schwieg während der Fahrt in die Stadt.

„Möchtest du uns nichts sagen?“, fragte Tom.

Melanie schüttelte den Kopf, und als sie am Busbahnhof anhielten, wollte sie die hintere Tür öffnen, bevor der Wagen anhielt.

„Das geht nicht so einfach. Die Kindersicherung! Damit uns kein Festgenommener während der Fahrt aus dem Auto hüpft“, erklärte Ecci, stieg aus und öffnete die Tür von außen.

Tom drehte sich um. „Auf Wiedersehen!“

„Hoffentlich nicht“, entgegnete Melanie, warf ihre langen Haare mit einer schnellen Kopfbewegung nach hinten und ging zum Busbahnhof. Sie würde nie im Leben vergessen, was sie in dieser Stunde erlebt hatte.

***

Die Ärztin hatte für Marco kurzfristig einen Therapieplatz in der Nähe von Freiburg organisieren können.

Zwei Monate später fuhr Tom nach Bad Gründelbach in die Suchtklinik. Der Leiter der Therapieeinrichtung begrüßte ihn. „Normalerweise sehen wir es nicht gern, wenn Patienten Besuch erhalten und erst recht nicht von Polizisten. Aber Marco hat mir so viel von Ihnen erzählt, dass ich es verantworten kann.“

„Tja, wir haben zu Drogenkonsumenten ein merkwürdiges Verhältnis“, erwiderte Tom. „Sie schimpfen uns Bullen, sind andererseits froh, dass sie jemanden haben, mit dem sie über ihre Probleme reden können. Wir behandeln sie wie kranke Menschen und nicht wie Schwerverbrecher.“

Der Arzt führte ihn in ein gemütlich eingerichtetes Kaminzimmer. Tom ließ sich in einen der beiden großen Ledersessel fallen.

Kurze Zeit später klopfte es zaghaft an der Tür.

„Herein!“, rief Tom.

Marco öffnete die Tür und blieb wie angewurzelt stehen.

„Mensch, du hast ja noch ganz schön was auf der Pfanne, wie du mich aus den Stiefeln geschlagen hast. Das hätte ich dir gar nicht zugetraut, da steckt noch jede Menge Kraft in dir."

Aber Toms Versuch, die Situation zu entkrampfen, war vergeblich. Er konnte dem Jungen kein Lächeln entlocken.

Marco setzte nun einen Fuß vor den anderen und ging wie in Zeitlupe auf Tom zu, als wolle er ihm signalisieren: Dieses Mal schlage ich dich nicht!

Die Ärztin hatte Marco scheinbar die Situation geschildert, an die er sich nicht erinnern konnte.

Tom nahm instinktiv eine abwehrende Grundhaltung ein. Dann hob Marco wie in Zeitlupe seine rechte Hand und berührte Toms linke Gesichtshälfte so zart, als würde man einem Baby über die Wange streichen.

„Tut's noch weh? Es tut mir leid!", flüsterte Marco.

Tom war für Bruchteile von Sekunden wie gelähmt. Dann atmete er tief durch und klopfte Marco sanft auf die Schulter. Am liebsten hätte er den Jungen in die Arme genommen und fest an sich gedrückt. Doch er schaffte es nicht, wie damals bei Sabine.

Und mehr als ein zaghaftes „Nein" brachte er in diesem Moment nicht über seine Lippen.

„Das wollte ich nicht", entschuldigte sich Marco, setzte sich in den anderen Sessel und berichtete von dem Alltag in der Therapieeinrichtung. Marco redete wie ein Wasserfall und für Tom schien es so, als schreie er stellvertretend für Sabine deren unausgesprochene Worte hinaus. Und wiederum vermischte sich die Gegenwart mit der Vergangenheit. Toms Gedanken drehten sich im Kreis.

Da erzählt mir ein junger Mann seine Geschichte und für Sabines Probleme hatte ich nie ein offenes Ohr. Marco plauderte, als habe er in den letzten Jahren mit keinem Menschen reden können.

Hätte Sabine auch so viel erzählt, wenn er ihr damals zugehört hätte?

Tom unterbrach Marcos Redeschwall nicht, aber er signalisierte immer wieder durch Kopfnicken und andere Gesten, dass er auch wirklich zuhörte.

Nach zwei Stunden verabschiedeten sich die beiden und Tom versprach Marco, dass er ihn weiterhin besuchen werde.

18.

„Ich bin es!“

Tom erkannte die Stimme sofort.

„Wie geht es dir?“, fragte er.

„Ich bin abgehauen!“

„Wie bitte?“

„Ich hab es in der Therapie nicht mehr ausgehalten. Ich möchte, dass du mich in den Knast bringst.“

„Spinnst du? Du willst in den Jugendknast?“

„Ja, aber nur dann, wenn ihr mich findet.“

Marco lachte.

„Marco, wo bist du? Mach keinen Scheiß!“

Dann rauschte es in der Leitung.

Tom wählte sofort die Nummer von Frau Kniebs, erklärte ihr kurz den Sachverhalt und fragte, ob Marco sich auch bei ihr gemeldet habe.

„Nein, aber bringen Sie ihn sofort wieder zurück!“, schrie sie verzweifelt. Sie hatte scheinbar nicht registriert, dass Marco nur telefonisch Kontakt aufgenommen hatte.

„Wohin? Nach Hause? In den Knast? In die Klinik?“, fragte Tom.

„In die Klinik natürlich!“

Tom spürte den Druck im Magen.

„Aber er will in den Knast!“

„Was sagen Sie da? Das versteh ich nicht!“

„Ja, er ist abgehauen und will in den Knast.“

Frau Kniebs gab einen verzweifelten Laut von sich.

Sie war am Ende ihrer Kräfte.

Wie er damals.

Dann beendete sie das Gespräch ohne ein weiteres Wort.

Tom lehnte sich in seinem Bürosessel weit nach hinten.

Wo konnte Marco sich aufhalten?

Hatte er sich mit Anja getroffen und war mit ihr nach Amsterdam gefahren?

Oder war Anja die noch nicht identifizierte weibliche Leiche, die vor einer Woche aus dem Fangkorb der Moselstaustufe Lehmen gefischt worden war?

Oder war es gar …

Bei jeder Meldung über das Auffinden einer unbekannten Leiche dachte Tom an Sabine.

***

Die tiefstehende Sonne schien grell in den Flur des stark renovierungsbedürftigen Polizeipräsidiums. Im vierten Stock des schmucklosen Gebäudes mit den grauen Wänden war das Rauschgiftkommissariat untergebracht.

Am Ende des Flurs saß ein junger Mann auf der alten Holzbank, die Beamte beim Umzug aus dem alten Präsidium noch vor dem Sperrmüll gerettet hatten. In ihre Rückwand hatten sich viele Straftäter mittels Kugelschreiber oder Taschenmesser verewigt, hatten FUCK YOU, ACAB als Kürzel für „all cops are bastards“ sowie ähnliche Nettigkeiten für die Bullen eingeritzt. Es war eine bunte Sammlung, hingekritzelt von Personen mit mehreren Hundert Jahren Knast.

Der Kollege der Kriminalwache hatte Waltraud Weiß, der „guten Seele“ im Geschäftszimmer des Rauschgiftkommissariats, einen jungen Mann angekündigt, der dringend Tom Schneider sprechen wollte.

Tom war noch in einer Vernehmung und Frau Weiß bat den jungen Mann noch um ein wenig Geduld.

Fast jeden Tag kam irgendjemand aus der Szene. Einige suchten wirklich Hilfe, andere wollten festgenommen werden, weil sie glaubten die Handschellen würden ihr Leben retten.

Manche wollten sich als Informanten anbieten, einen Dealer anschmieren, der sich ins eigene Gebiet gewagt hatte.

Insofern war ein solcher Besuch außerhalb der regulären Dienstzeiten nicht ungewöhnlich.

Die Leute aus der Szene wussten, dass beim Rauschgiftkommissariat nicht um vier der Hammer fällt. Und tatsächlich musste Waltraud Weiß auch heute wieder Überstunden leisten, da die Beamten bei einem Scheingeschäft zwei Dealer festgenommen hatten.

„Möchtest du was trinken?“, fragte Waltraud Weiß.

Der junge Mann wischte sich mit dem Ärmel des Pullovers durch das Gesicht.

Seine Nase tropfte und die Augen schienen in einer Flüssigkeit zu schwimmen.

„Nein, danke“, erwiderte der Junge.

Er sieht traurig aus, dachte Waltraud Weiß und ging wieder zurück in ihr Büro.

Marco blickte zum Fenster am Ende des Flurs.

Die blutrote Sonne würde bald am Horizont verschwinden.

Ein Schleier breitete sich vor seinen Augen aus.

Der rote Sonnenball verkleinerte sich zu einer lilafarbenen Kopfbedeckung, wie sie Bischöfe trugen. Das Käppi schwebte leuchtend rot zwischen den grauen Wolken und urplötzlich schien sich ein Kopf darunter zu bilden.

Steht da jemand, der mir zuwinkt?, dachte Marco.

Das verschwommene Bild machte ihm Angst. Er versuchte, an den Grund seines Besuchs zu denken. Heute würde er gegen Conny aussagen. Conny, den er für einen echten Freund gehalten hatte. Er wollte immer so sein wie Conny, bis er dessen wahre Absichten erkannte. Conny war nie ein echter Freund gewesen, sondern ein falscher Hund, eine linke Socke. Aber das erkannte er zu spät. Sein einziger Trost war, dass Conny auch für alle anderen ein falscher Freund war. Er hatte alle nur als Geldgeber für seine Shitgeschäfte und als lebende Versuchskaninchen für Pillen und Trips missbraucht.

Marco hatte sich in den letzten Tagen in einem Blockhaus inmitten der Schrebergärten am Gülser Moselufer versteckt. Dieses Häuschen gehörte einem Onkel, der zurzeit im Urlaub war. Hier hatte er gestern Abend noch eine Ecstasy eingeworfen, eine hellblaue Pille mit einem vierblättrigen Kleeblatt. Es werde ihm Glück bringen, hatte ihm der Dealer am Schlosspark versichert und irgendwie schien er vertrauenerweckend: Er hatte wie Conny gelächelt, als er ihm den Trip in die Hand gedrückt hatte.

Marco blickte wieder zum Fenster am Ende des langen Flurs. Die letzten Sonnenstrahlen leuchteten in Regenbogenfarben. Magisch zogen ihn diese Farben an.

Mitten in der am Horizont langsam versinkenden Sonne sah er wieder dieses rote Käppchen.

Aber die Kopfbedeckung war kleiner und das Gesicht darunter größer geworden.

„Komm zu mir“, hörte er plötzlich ein leises Flüstern. Und noch mal: *„Komm zu mir!“.*

Er stand auf und wurde wie eine Marionette von einer fremden Hand in Richtung der untergehenden Sonne geführt, in deren Strahlen er diese Figur schemenhaft wahrnahm.

Er spürte plötzlich einen leichten Windhauch neben sich.

War er aus seinem Körper entstiegen?

Direkt neben ihm ging im Gleichschritt sein gläsernes Ebenbild, ein wandelnder Spiegel.

Die Sonne blendete ihn.

Er spürte, wie sie auf sein Gesicht brannte.

Immer wieder sah er vor seinen tränenden Augen schemenhaft diese Figur, die ihn aufforderte, der Sonne entgegenzugehen.

Er blickte auf den Boden und stand auf dem hellen Rechteck, welches die Sonne durch das Fenster auf dem dunklen verdreckten Fußboden des Flurs gezeichnet hatte.

War dies ein magisches Feld?

Sein Oberkörper schwankte, aber er fiel nicht zu Boden. Die Sonne brannte immer stärker in seinen Augen, in denen sich die Tränenflüssigkeit sammelte und den Blick verzerrte.

Er trat ans Fenster, packte den Griff, öffnete es und atmete tief durch, ehe er sich auf dem Sims ab und winkelte den rechten Fuß anwinkelte.

Dann hörte er einen grellen Schrei, der die friedliche Stille durchdrang wie eine Sirene:

„Nein, tu das nicht!“

Marco blickte sich kurz um.

Dann verlor er das Gleichgewicht.

Der Schrei hinter ihm verebbte.

Er flog ins Unendliche.

Nein, er schwebte.

Jetzt war er frei, frei von allem, was ihn bedrückte.

Männer in blauen Uniformen rannten wild durcheinander.

Sie wurden immer größer, als er auf sie zuschwebte.

Er blickte in ihre angstverzerrten Augen.

Dann spürte er den Aufschlag.

Nur Bruchteile von Sekunden.

Sein Körper zerbarst wie ein vom Tisch gefallenes Glas.

In den Scherben seiner zersplitterten Körperteile spiegelte sich noch einmal für kurze Zeit die Sonne.

Eine warme Flüssigkeit floss aus seinem Mund.

Rot.

Rot auf dem grauen Asphalt

Dann wurde es still.

Rabenschwarze Dunkelheit breitete sich aus.

Er hatte den Weg in die Ewigkeit angetreten.

***

Tom Schneider lehnte sich weit aus dem Fenster und blickte entsetzt nach unten.

Um den Kopf des Jungen breitete sich eine Blutlache aus.

Schwarze Ringe kreisten um Toms Augen und entfernten sich spiralförmig aus seinem Blickwinkel.

Als er Marcos Kopf eingerahmt von frischem Blut erblickte, dröhnte ein rhythmisches Pochen in seinen Schläfen, wie an jenem Tag, als er erfahren hatte, dass Sabine auf Heroin war.

Er dachte nur noch, wie schnell ein Tag ein ganzes Leben verändern kann, stützte sich an der Wand ab, tastete mit den Händen nach hinten, schwankte zurück, legte sich auf die Holzbank und verlor das Bewusstein. Er spürte nicht mehr den nassen Lappen, den Frau Weiß ihm auf die Stirn legte.

Rainer Schamke stürzte aus seinem Büro.

„Wer war das?“, fragte er Waltraud Weiß

„Sabine. Tom hat Sabine geflüstert, bevor er ohnmächtig wurde“, sagte Waltraud Weiß mit zitternder Stimme.

„Aber ich versteh das nicht. Es war ein Junge. Kein Mädchen!“

***

Als Tom Schneider erwachte, lächelte ihn ein vertrautes Gesicht liebevoll an.

Monika Nabler legte ihre Hand auf seinen Unterarm und blickte ihm tief in die Augen.

„Das schaffen wir schon!“, flüsterte sie.

„Wir?“, fragte Schneider mit brüchiger Stimme.

Sie nickte und lächelte.

19.

Am Abend zuvor hatte Kriminalhauptkommissar Eccarius die Klassenlehrerin Carola Müller angerufen.

Bevor sie die Tür öffnete, atmete sie noch einmal tief durch. Hilflos und verzweifelt stand die Lehrerin vor der Klasse. Sie suchte vergeblich nach den richtigen Worten und konnte ihre Sprachlosigkeit nur schwer überwinden.

„Seid ruhig, Leute“, flüsterte sie und fügte hinzu: „Bitte!“

Die einzelnen Grüppchen im Klassenraum lösten sich auf und die Schüler setzten sich auf ihre Plätze.

„Ich muss euch heute eine traurige Nachricht überbringen.“

Sie setzte sich an den Tisch, faltete die Hände wie zum Gebet, stützte ihre Stirn auf den erhobenen Fingerspitzen ab und schloss die Augen. Die Gespräche verstummten.

„Marco ist tot“, sagte Frau Müller mit brüchiger Stimme. Sie deutete auf den leeren Stuhl in der letzten Reihe am Fenster und berichtete von dem tragischen Ereignis. Traurige Augen blickten sie an.

Alle Mädchen schluchzten leise, einige weinten. Die Jungen versuchten, ihre Tränen zu verbergen. Aber den wenigsten gelang dies. Selbst den Coolsten in der Klasse liefen die Tränen über das Gesicht.

„Steht bitte auf für eine Schweigeminute!“, sagte die Lehrerin mit brüchiger Stimme.

Alle erhoben sich von ihren Plätzen und blieben wie angewurzelt neben ihren Tischen stehen.

Nur Melanie saß auf ihrem Stuhl und stützte den Kopf in beide Hände. Aus ihren Augen tropften Tränen auf das Heft.

Andy blickte aus dem Fenster und sah dem aufsteigenden Morgennebel nach. In den Nebelschwaden sah er in schemenhaften Umrissen Marcos Gesicht, das kurze Zeit später in den Strahlen der aufgehenden Sonne versank.

Mary starrte auf die Straße, als wolle sie alle Fahrzeuge zählen, die den Stadtring im morgendlichen Berufsverkehr befuhren.

Kai stand wie versteinert in der ersten Reihe und blickte durch seinen Tränenschleier auf die Uhr. Seine Augen folgten dem Sekundenzeiger, als wolle er ihn beschwören, sich rückwärts zu bewegen und die Zeit zurückzudrehen.

Die Schweigeminute wurde zu einer Qual.

Dabei hatte alles so harmlos begonnen – und jetzt hat die Droge einen aus ihrer Mitte gerissen.

Andy blickte an die Decke, als könne er mit einem Stoßgebet den schrecklichen Tod von Marco ungeschehen machen.

Wer war schuld an Marcos Tod? Conny, dieser Scheißkerl. Bei diesem Gedanken ballte Andy die Fäuste unter der Tischplatte zusammen. Wenn er ihn jetzt vor sich hätte, würde er ihm eine in die Fresse schlagen.

„Danke! Setzt euch bitte wieder hin! Es muss sich niemand wegen seiner Tränen schämen."

Die Lehrerin tupfte mit einem Taschentuch ihr Gesicht ab.

Andy ging zur Wandtafel und schrieb in großen Lettern:

Unsere Gedanken sind bei Dir.
Wir werden Dich nie vergessen.

Frau Müller versuchte nach der Schweigeminute vergeblich, die richtigen Worte zu finden, aber das eisige Schweigen in der Klasse unterdrückte jedes Gespräch. Der Sekundenzeiger schien jeweils mehr als eine Sekunde zu verharren und sich in Zeitlupe zu bewegen. Jeder war in dieser bisher längsten Stunde seines Lebens mit sich selbst beschäftigt. Heute war ein Stück ihrer Welt zusammengebrochen. Hätten sie Marco helfen können? Viele dachten an die blöden Sprüche „Haschischrauchen macht gleichgültig, aber das ist mir scheißegal" oder „Keine Macht den Drogen, alle Macht den Benutzern“ oder „Ich trinke Jägermeister, weil mein Dealer im Knast sitzt“.

Nein, das hatte keiner gewollt.

Sie wollten gemeinsam Spaß haben.

Sie waren neugierig.

Wollten neue Erfahrungen sammeln.

Sie wollten Haschisch rauchen, nicht mehr und nicht weniger. Aber süchtig werden oder früh sterben, das will doch keiner. Jeder ist fest davon überzeugt, dass er wieder aufhören kann. Und nächste Woche würden sie auf dem Hauptfriedhof Abschied nehmen.

Ob Anja noch lebte?

Vielleicht. Wer wusste schon, wie lange noch.

Epilog

Das Glockengeläut der Herz-Jesu-Kirche im Zentrum der Stadt am Zusammenfluss von Rhein und Mosel kann man auch in dem Gebäude hören, aus dem sich Marco Kniebs in den Tod gestürzt hatte. Nur der Schienenhaltepunkt Koblenz-Mitte trennt die Kirche vom Polizeipräsidium.

Eine Menschentraube steht vor der Kirche, in der kein einziger Platz mehr frei ist. Pfarrer Kraus eröffnet seine Trauerrede mit der Frage nach dem *Warum*.

Am Ende der Rede zittert seine Stimme.

Viele Jugendliche haben ihre Kapuzen und Mützen tiefer als üblich ins Gesicht gezogen, um ihre Tränen zu verbergen. Als das Geläut vom Turm der Kirche verstummt, scheint es fast so, als halte die Stadt den Atem an.

Nach der Trauerfeier in der Friedhofskapelle wandert die lange Menschenschlange zu Marcos letzter Ruhestätte.

Aus den Lautsprechern der Leichenhalle erklingt Marcos Lieblingslied.

Halt dich an mir fest,
wenn dein Leben dich zerreißt.
Halt dich an mir fest,
wenn du nicht mehr weiterweißt.
Ich kann dich verstehn.
Halt dich an mir fest,
weil das alles ist, was bleibt.
Siehst du den Weg aus dieser Dunkelheit?

Tom Schneider läuft eine Gänsehaut über den Rücken. Es ist der Song von *Revolverheld*, den Marco während der Durchsuchung seines Zimmers abgespielt hatte. Sein Lieblingslied auf dem Weg in die ewige Dunkelheit, aus der er nicht mehr zurückkehren wird.

Der Kriminalhauptkommissar reiht sich in die Schlange der Menschen ein, die sich am Grab von Marco verabschieden.

Irgendjemand drückt ihm die kleine Schaufel mit Erde in die Hand. Tom zittert und verliert den kleinen Haufen, bevor er die dunkelbraune Erde auf den Sarg werfen kann. Dann reicht er die Schaufel weiter und bleibt noch kurz vor dem Sarg stehen. Für einen kurzen Augenblick glaubt er, in dieses Loch zu stürzen.

„Machs gut, Marco. Ich werde Sabine suchen und wenn ich bis ans Ende der Welt reisen muss. Das schwör ich dir!“, flüstert Tom.

Dann geht er zurück zum Dienstwagen, ohne einem einzigen der Trauergäste in die Augen zu schauen.

Er achtet nicht auf die beiden Mädchen in schwarzen Kapuzenjacken, die an der Friedhofsmauer stehen.

„Willst du ihm nicht wenigstens Guten Tag sagen?“, fragt Anja, als Tom mit schnellen Schritten den Friedhof verlässt.

„Nein, er ist für mich gestorben!“, antwortet Sabine und versucht, ihre Tränen zu unterdrücken.

Dann steckt sie sich die Kopfhörer ihres MP3-Players in die Ohren und drückt auf die Play-Taste.

Du hast mich lang nicht mehr so angesehen,
hast mir lang nichts mehr erzählt.
Unsere Fotos hast du abgenommen,
weil dir irgendetwas fehlt.
Du rufst mich und sagst, ich weiß nicht mehr,
weißt nicht mehr, was Dich berührt.
Die letzten Jahre haben dich aufgewühlt
und dich nur noch mehr verwirrt.

Halt dich an mir fest,
wenn dein Leben dich zerreißt.
Halt dich an mir fest,
wenn du nicht mehr weiterweißt.
Ich kann dich verstehn.
Halt dich an mir fest,
weil das alles ist was bleibt.
Siehst du den Weg aus dieser Dunkelheit?

Sabine lehnt sich mit dem Rücken gegen die Friedhofsmauer. Dicke Tränen rinnen über ihr blasses Gesicht.

IMPULSE 2011

Ein Konzept zur Sucht- und Gewaltprävention

Vernetzte Module „Drogen" und „Gewalt" mit praxiserprobten methodischen Schritten für Präventionsprojekte und zeitnahes und konsequentes Handeln in Krisensituationen

I mpulsveranstaltungen für alle Zielgruppen

M ultiplikatorenfortbildungen für Fachdisziplinen

P rojekte in Schulen und Jugendverbänden

U nterrichtsmaterialien für Lehrer

L esungen für Jugendliche und Erwachsene

S tudientage für Lehrer, soziale Fachkräfte u. a.

E lternseminare für alle „Erzieher"

Das Konzept

- vermittelt, wie wir im Vorfeld der ersten Berührung mit Drogen und dem frühzeitigen Erkennen von Gewalt Gespräche als Chance nutzen und Sprachlosigkeit überwinden.

- beschreibt, wie wir mit Jugendlichen in einen glaubwürdigen Dialog eintreten, Krisensituationen früher erkennen und rechtzeitiger und konsequenter reagieren können.

- orientiert sich immer an den Bedürfnissen der Zielgruppe und den Möglichkeiten (Ereignissen) vor Ort.

- kann nach gewünschtem Themenschwerpunkt in Inhalt, Ablauf und Umfang durch Auswahl der „passenden" Module selbst gestaltet und fortgesetzt werden.

- beleuchtet wichtige Fragen aus dem Blickwinkel der Jugendlichen und steigert die Kompetenz von Bezugspersonen im Umgang mit schwierigen Situationen.

- basiert auf den Erfahrungen der Konfliktforschung, denn die Förderung der Empathie steht im Vordergrund.

Aufgrund langjähriger Erfahrungen gelingt mit den praxiserprobten methodischen Schritten und den eingesetzten Medien eine Annäherung an Gefühls- und Erlebenswelten. Jugendliche schildern (nach einer Vorbereitung durch Lehrer) bei der „Begegnung mit dem Autor" ihre Phantasien, Wünsche und Gefühle. Bei der „anonymisierten Präsentation der Ergebnisse am Elternabend" findet der „Transfer" in einer gelockerten Atmosphäre statt und dient als Anregung, wie Eltern, Lehrer und Erzieher ein Gespräch als Chance nutzen und entsprechende Handlungsstrategien entwickeln können, wenn es um Themen geht, die den jugendlichen Alltag spiegeln und Erwachsene oft hilflos erscheinen lassen.

Impulsveranstaltung/Elternabend
DENN WIR WISSEN NICHT, WAS SIE TUN
Zielgruppe: Eltern, Lehrer, interessierte Erwachsene

Multiplikatorenfortbildung
WI(E)DER DIE OHNMACHT...
Zielgruppe: Ausbilder, Sozialarbeiter, Jugendbetreuer u. a. Multiplikatoren

Projekt „Begegnung mit dem Autor"
WEISST DU EIGENTLICH, WAS ICH FÜHLE?
Zielgruppe: ab Klasse 6, Themenschwerpunkt orientiert sich an Auswahlliteratur bzw. Film

Unterrichtsmaterialien
Zielgruppe: Lehrer, Sozialarbeiter und -pädagogen, Jugendbetreuer, Ausbilder, u.a.

Lesung
EIN BUCH KANN EINE BRÜCKE SEIN
(SHIT – eine wahre Geschichte)
Zielgruppe: Jugendliche und Erwachsene

Studientag
DROGEN UND GEWALT - (K)EIN PROBLEM (AN UNSERER SCHULE) ?
Zielgruppe: Lehrer, Erzieher, Sozialarbeiter und -pädagogen, Jugendbetreuer, Ausbilder, u.a.

Elternseminar
... AUCH COOLE ELTERN RASTEN AUS!
Zielgruppe: Mütter, Väter, „Erzieher" und interessierte Personen

In seinen Projekten tastet sich Jörg Schmitt-Kilian auf der Basis von SHIT - losgelöst von Doppelmoral, Abschreckungsszenarien und nutzlosen gegenseitigen Schuldzuweisungen – an die Gefühlswelten der Jugendlichen heran und spricht mit ihnen in einer vertrauensvollen Atmosphäre über Themen, die Mädchen und Jungen brennend interessieren und Erwachsene oft hilflos erscheinen lassen.

Warum probieren Jugendliche Drogen? Warum rasten einige aus? Wie erlebe ich in meiner Clique Gruppendruck? Wer hat keinen Schwachpunkt? Wie fühle ich mich, wenn andere mich „fertig machen"? Wen mache ich fertig? Was brauchen Jugendliche, damit sie nicht dauerhaft Drogen konsumieren/gewalttätig werden? Warum rasten coole Eltern aus? Gibt es coole Eltern? Wann sind Eltern peinlich? Wie wünschen sich Jugendliche ihre Eltern? Wem können sich Jugendliche anvertrauen, wenn der beste Freund/die beste Freundin oder sie selbst Drogen konsumieren? Wie können wir miteinander reden, wenn ein Mitschüler andeutet, demnächst würde „etwas passieren"?

Eltern, Lehrern und allen interessierten Personen bietet Schmitt-Kilian einen Blick hinter die Kulissen jugendlicher Gefühlswelten. Er beschreibt deren Phantasien und Wünsche sowie praxiserprobte Handlungsstrategien, wie wir in Gesprächen mit Kindern und Jugendlichen auf einer glaubwürdigen Ebene Sprachlosigkeit überwinden und in Elternhaus und Schule in einer vertrauensvollen Atmosphäre miteinander reden können. Trotz der Ernsthaftigkeit der Thematik gelingt Schmitt-Kilian immer wieder der „Transfer“ in einer gelockerten Atmosphäre.

Eine Vorbereitung mit SHIT als Unterrichtslektüre durch die Lehrer und ein Elternabend sind Voraussetzung, um die nachfolgenden Ziele zu erreichen:

Schülerinnen und Schüler werden in verschiedenen methodischen Schritten angeregt, über ihre eigene Rolle, die Beziehung zu Freunden und erwachsenen Bezugspersonen nachzudenken.

Lehrerinnen und Lehrer werden durch die Anwendung der vorgestellten Methoden der Unterrichtsgestaltung ihre Kompetenz zur Bearbeitung dieses Themas erweitern.

Eltern erfahren mehr von den Gefühlswelten, Phantasien und Wünschen ihrer Kinder, werden in ihrer Erziehungskompetenz gestärkt, können ihre oft vorhandene Sprachlosigkeit überwinden und „angemessener“ reagieren.

Alle Zielgruppen werden auf einer positiven Kommunikationsebene gemeinsam Lösungsansätze finden und lernen, konkrete Handlungsstrategien für die aktuelle Situation bzw. die Zukunft zu entwickeln.

Die Begegnung mit dem Autor orientiert sich immer an der Intensität, mit der die beteiligen Lehrerinnen und Lehrer ihre Klasse(n) vorbereitet haben.

Erfahrungen mit dem Konzept IMPULSE

Auszüge aus Erfahrungsberichten, Leseprotokollen etc.

... beim Lesen von SHIT können eigene Verhaltensweisen reflektiert und Einstellungen überprüft werden.

... Kinder und Jugendliche werden auf der Gefühlsebene angeregt, über die eigene Entwicklung und die Rolle ihrer Freunde und erwachsenen Bezugspersonen nachzudenken und Erwachsenen werden Erlebens- und Gefühlswelten der Jugendlichen nähergebracht.

... Erwachsene erfahren mehr von den Gefühlen der Jugendlichen und Jugendlichen werden Ursachen der Reaktionen von erwachsenen Bezugspersonen klarer.

... junge Menschen nehmen positiv wahr, wenn Eltern, Lehrer und Erwachsene aus unterschiedlichen Berufen (und durchaus unterschiedlichen Beweggründen und Einstellungen) gemeinsam mit Ihnen diesen Problembereich glaubwürdig und von gegenseitigem Vertrauen geprägt thematisieren.

Komplettes Konzept und weitere Materialien erhalten Sie auf Anforderung kostenlos:

schmitt-kilian@onlinehome.de

Der Autor

Der ehemalige Drogenfahnder Jörg Schmitt-Kilian erlebt immer wieder die Ohnmacht verzweifelter Eltern und die Hilflosigkeit des sozialen Umfeldes, wenn bei Jugendlichen Drogenkonsum vermutet wird, und hat seine Erfahrungen in zahlreichen Büchern veröffentlicht.

Bei der „Begegnung mit dem Autor" tastet sich Schmitt-Kilian auf der Basis der im Unterricht besprochenen Lektüre an die Gefühls- und Erlebenswelten der Schüler heran und präsentiert anonymisiert die „Ergebnisse" bei einem Elternabend. Der Transfer der jugendlichen Fantasien und Wünsche verbessert erfahrungsgemäß die Kommunikation in Elternhaus und Schule.

Viele Fernsehreportagen, Talkshows, Rundfunkinterviews und Printmedien berichteten über seine Bücher und die Menschen hinter den Geschichten. Schmitt-Kilian hat sein Konzept IMPULSE mit Präventionsprojekten zur Sucht- und Gewaltproblematik bei zahlreichen Fachkongressen und Fortbildungsveranstaltungen im gesamten Bundesgebiet vorgestellt. In verschiedenen Modulen vermittelt er praxiserprobte Verhaltensstrategien zur zeitnahen und konsequenten Reaktion im Vorfeld von Krisensituationen.

Sein Buch *Vom Junkie zum Ironman* stand 16 Wochen auf der Spiegel-Bestsellerliste und wurde mit Uwe Ochsenknecht, Axel Stein und Max Riemelt (als Andreas Niedrig) unter dem Titel *Lauf um dein Leben* verfilmt. Der Film wird von vielen Schulen als Kick-off-Veranstaltung für suchtpräventive Projekte eingesetzt. Lehrer erhalten kostenlos Unterrichtsmaterialien unter: schmitt-kilian@onlinehome.de

Danke

Ich bedanke mich bei allen Testleserinnen und Testlesern für viele Anregungen, kritische Anmerkungen und das „Entdecken der Fehler“.

Ein herzliches Dankeschön an Fabienne Bartsch, Margot Brenk, Helga Brennecke, Helmut Bouillon, Karl-Hermann Dittrich, Ivonne Gerth, Irene Koch, Martina Müller, Milena Neumann, Herbert Saal, Tanja Schmitz, Mike Stendel und nicht zuletzt an meine kritischste Leserin und eindeutig bessere Hälfte Elfie.

Danken möchte ich auch meinem Autorenkollegen Stefan Gemmel für die Empfehlung, dem Verleger Gerhard Kälberer und meiner Lektorin Katharina Jacobi für die unkomplizierte Zusammenarbeit.

Falls ich jemanden vergessen habe, möge sie/er es mir verzeihen.

Jörg Schmitt-Kilian, im Juli 2011

ANTJE SZILLAT

Alice im Netz – Das Internet vergisst nie

Erzählung, Klassenlektüre 7.–10. Schuljahr

„Alice, alles, was ich über dich weiß, hast du mir selbst verraten. Alles, was du über mich wissen musst, ist, dass ich dich liebe – und dass du mir nicht entkommen kannst ... Jared“

Zunächst glaubt Alice an einen Scherz, als sie diese E-Mail in ihrem Postfach vorfindet. Doch die Nachrichten, die der geheimnisvolle Jared ihr zukommen lässt, werden immer bedrohlicher und konkreter. Jared scheint einfach alles über sie zu wissen, und als Alice endlich begreift, dass sie ihn selbst mit diesen Details über sich versorgt hat, nämlich in den zahlreichen Foren im Internet, befindet sie sich schon inmitten eines lebensbedrohlichen Albtraums.

ISBN 978-3-935265-48-5, Taschenbuch, 160 Seiten,
Format 12 x 19 cm
€ 6,95 [D] ► € 7,20 [A]

Dazu gibt es Unterrichtsmaterial im Pappschnellhefter,
42 Seiten, ISBN 978-3-935265-49-2
€ 12,90 [D] ► € 13,30 [A]

ANTJE SZILLAT

Rache@

Erzählung, Klassenlektüre 7.–10. Schuljahr

Ben war schon immer ein Außenseiter, doch seitdem er mit seinen Eltern in die Kleinstadt umgezogen ist, ist alles noch schlimmer für ihn geworden. Von seinen neuen Mitschülern wird er wie Luft behandelt, während Johannes und seine Clique ihn mobben und tyrannisieren. Genauso wie sein Mathematiklehrer Herr Seidel, der es scheinbar ganz besonders auf ihn abgesehen hat. Einzig der etwas sonderbare Marcel gibt sich mit ihm ab und sorgt sogar dafür, dass Johannes und seine Clique ihn in Ruhe lassen. Als Ben sich wieder einmal ganz besonders über den verhassten Mathematiklehrer ärgert, schmieden Marcel und er einen verhängnisvollen Racheplan: „via Internet“.
Ein Wettlauf gegen die Zeit beginnt ...

Herausgeber: Lehrer-Online
ISBN 978-3-935265-38-6, Taschenbuch, 144 Seiten,
Format 12 x 19 cm
€ 6,95 [D] ▶ € 7,20 [A]

Dazu gibt es Unterrichtsmaterial im Pappschnellhefter
für das 7.–10. Schuljahr, 55 Seiten,
ISBN 978-3-935265-39-3
€ 12,90 [D] ▶ € 13,30 [A]